マンガで体験!
にっぽんのカイシャ
～ビジネス日本語を実践する～

場面
30

看漫畫學商業
職場日本語

公益財団法人 **日本漢字能力検定協会**
編集協力：インターカルト日本語学校

大新書局　印行

　　本書是為了幫助母語非日語，尤其將來想在日本或日本公司工作，為此正在學習及求職的人士，或是已經在日本或日本公司工作的人士所編製。另外本書也是為了對日本抱有親切感和興趣的人士，能更深入了解日本社會所編製而成。

　　正在考慮未來要在日本或日本公司工作的各位，為了將來能活躍並成功，日語的溝通能力不可或缺。那就是「日本公司」——也就是**理解「日本商務職場上」實際會運用到的各種溝通方式，自己能表達得宜、跟旁人充分溝通的能力。**稱之為「商務日語能力」。

　　想要掌握「商務日語能力」當然絕非容易之事。「商務日語能力」不僅僅是日語知識，而是以廣泛深入理解日本的商業習慣和文化為基礎，在商務職場上日語的實行運用能力。

　　但是，對於想要掌握「商務日語能力」而正在努力的人士來說，前提是之前幾乎沒有機會和方法可以接觸日本的商務習慣和文化。這點讓眾多學習者的努力陷入困境。因此，**本書利用「漫畫」，寫實地描繪了「日本商務職場」，希望多多少少能提供學習者接觸實際「日本商務職場」的機會。**

　　「漫畫」是現今世界的共通語言，也是溝通的手段。請購買本書的學習者，務必將自己的感情完全代入出場角色中，與他們一起思考、行動，實際體驗「日本公司」。這樣的經驗應該會對您在「商業日語能力」的學習上，或就業後的工作上有極大幫助。

　　如果本書對於許多希望到日本和日本公司就業，或是想留在日本和日本公司繼續工作下去而正在努力的人們有些許貢獻的話，便是我們最大的喜悅。

《漫畫中主要出場角色介紹 》

チャタポーンくん／恰特彭

（愛称：チャタくん）
（暱稱：恰特）

　　進入公司第一年的新進職員，東南亞人。據說大學時代是非常優秀的學生。那時候因為旅行造訪日本，因而決定在日本的公司就業。在職場上雖然比任何人努力，卻因「冒失」的個性，總是挨上司或前輩責罵，但很大的優點是樂天且能迅速調整心情。因其總是正面積極的開朗性格，很受眾人喜愛。是進口事業部的明日之星。

パナラットさん／帕娜菈朵小姐

　　進入公司第一年的新進職員，和恰特是同期同事，也同樣任職於進口事業部，並且同為東南亞人。小時候有在日本生活過的經驗。個性溫柔率直，而且是個美人。大方從容、少根筋的性格，因為是大小姐的關係？總讓旁人非常擔心她，但本性認真，迅速理解工作的能力非常出眾。

李さん／李小姐

　　進入公司第三年的年輕職員，是恰特和帕娜菈朵的前輩，台灣人。大學時期在台灣日語就非常精通，早早便以進日本公司工作為目標而努力。雖然總是毫不客氣地想到什麼說什麼，但性格大方直爽。集中精神工作時非常嚴厲，也有為後輩著想很溫柔的另一面。得到上司和前輩們無比的信賴。

佐藤部長／佐藤部長

　　進口事業部的負責人。年齡50歲，性格敦厚。任職過許多部門，經驗豐富。因長年的實績受到認可，而從進口事業部的課長升職為部長。溫柔地關注著恰特和帕南菈朵等年輕部下們的成長，是名可靠的上司。

※ 漫畫中還會出現許多討喜的人物。

目 次

「マンガ&問題」編 ……… 7

Chapter I

チャタくん 日本の会社に就職する！

Chapter II

新人パナラットさん奮闘記！

Chapter III

仕事は七転び八起き！
（しごと なな ころ や お）

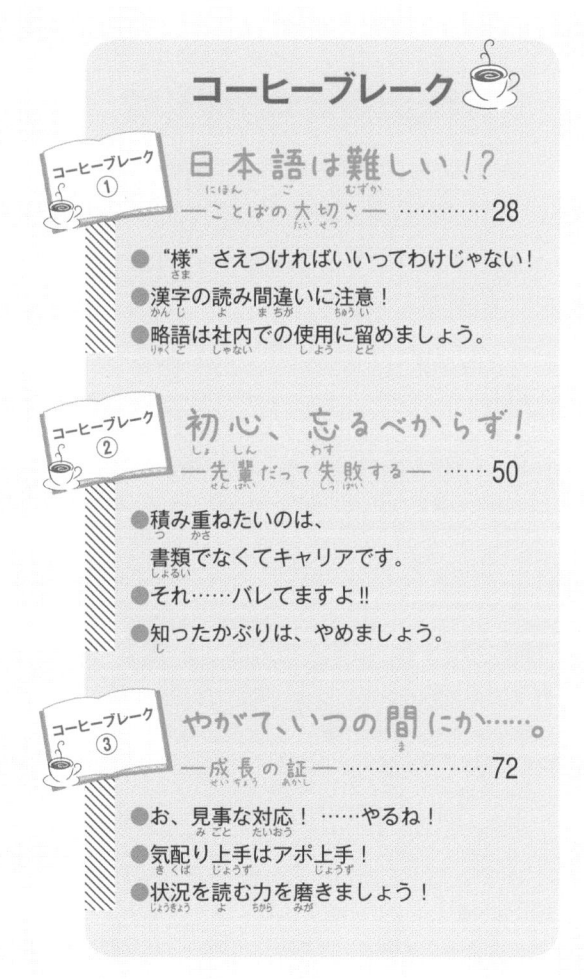

コーヒーブレーク

コーヒーブレーク①
日本語は難しい！？
（にほん ご　むずか）
——ことばの大切さ——　28
（たいせつ）

● "様" さえつければいいってわけじゃない！
（さま）

● 漢字の読み間違いに注意！
（かんじ　よ　まちが　　ちゅうい）

● 略語は社内での使用に留めましょう。
（りゃくご　しゃない　　しよう　とど）

コーヒーブレーク②
初心、忘るべからず！
（しょ しん　わす）
——先輩だって失敗する——　50
（せんぱい　　　　しっぱい）

● 積み重ねたいのは、
書類でなくてキャリアです。
（つ　かさ）
（しょるい）

● それ……バレてますよ‼

● 知ったかぶりは、やめましょう。
（し）

コーヒーブレーク③
やがて、いつの間にか……。
（ま）
——成長の証——　72
（せいちょう　あかし）

● お、見事な対応！……やるね！
（み ごと　たいおう）

● 気配り上手はアポ上手！
（き くば　じょうず　　　じょうず）

● 状況を読む力を磨きましょう！
（じょうきょう　よ　ちから　みが）

「解答例」編……75
（かい とう れい）（へん）

本書的內容和目的

◆本書透過漫畫，描繪出能讓讀者身歷其境，理解實際日本公司日常中會發生的各種事件和情境。

◆本書的目的，是希望幫助學習者從各種事件和情境中發現問題點，思考自己會怎麼做，主動地解決問題。

◆本書中會讓學習者實踐以下 3 點。

☞ 預測實際的商務情境，思考適合各情境的會話和行動方式。

☞ 和自己的國家互相比較，學習日本商務習慣、禮儀，以及日語的表達方式。

☞ 利用BJT商務日語能力考試測試實力。

本書的構成和學習方法

◆本書分為以漫畫題材進行案例研究的「漫畫＆問題」篇，以及整合各問題（學習課題）解答的「解答範例」篇兩大部分。

◆「漫畫＆問題」篇總共舉出30個主題（漫畫）。各主題主要以下列❶～❽個項目（學習課題）所構成。

❶「閱讀前」

為了理解漫畫的課前熱身練習。透過跟漫畫有關的例子，試著想像一下自己身在實際的職場時會怎麼做。

❷「漫畫」

試著看漫畫的同時，思考各情境描述的狀況、出場角色的行動方式和心境、各自的立場和關係。「解答範例」篇有中譯。

❸「辦公室用語」

列出漫畫中出現過，日本公司裡常用的詞彙。試著用字典或網路查詢詞彙的意義和用法。卷末附有「索引」。

❹「想想看！」

試著回答簡單的問題，一面依序整理漫畫中的情境、故事，以及出場角色的行動方式和心境。接著，想想看問題點跟理由。最後，思考自己會怎麼做，找出解決問題的方法。

❺「解說」

跟著漫畫內容，一起深入理解日本的商務習慣和禮儀，以及日語的表達方式。

❻「應用看看！」

試著自己在對話裡使用類似漫畫的情境中，實際會使用到的適當詞彙和表達方式 並出聲練習對話(台詞)。如果有練習對象，請決定彼此的角色，用會話形式說說看。

❼「編寫對話！」

根據指示，站在 A、B ……的立場編寫對話（台詞），並試著說說看。如果有練習對象，請決定彼此的角色，用會話形式說說看。

❽「挑戰商務日語！」

透過BJT 商務日語能力考試試題，來測試自己的實力吧！

「マンガ&問題」編

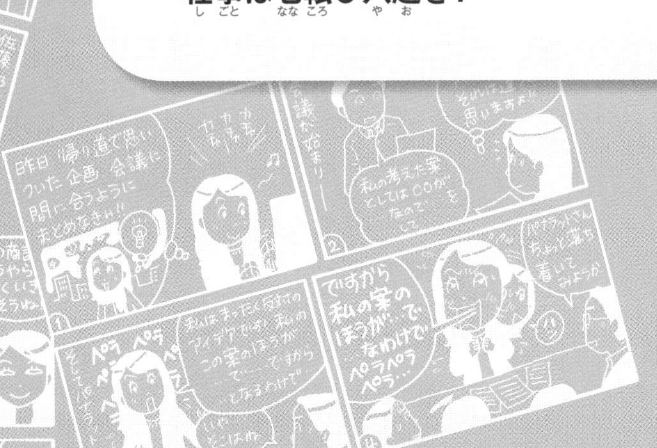

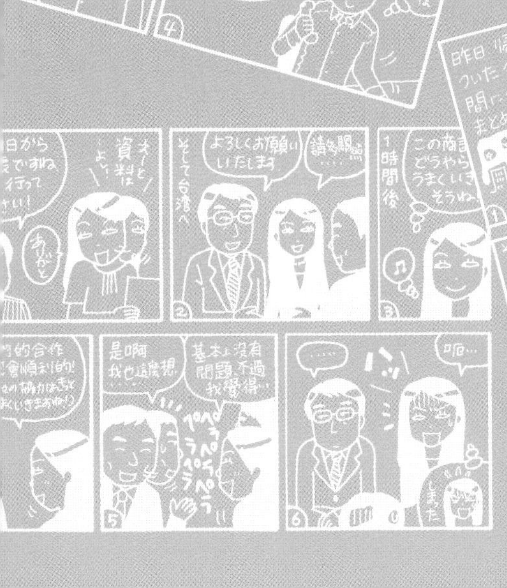

01 そこまで正直でなくても……

読む前に ▶ 當負責職員不在時，接到客戶電話。
你會怎麼應對客人？

① ある日の正午すぎ——
はい ○○株式会社です！
…田中様、いらっしゃいますでしょうか？

② あ、先輩はランチ中でしたね！

③ 恐れ入ります。田中は今お昼ご飯を食べに外へ出ておりまして…
はい。では申し伝えます。

④ チャタ君…そこまで言わなくていいのに
ハイ？

【オフィスのことば】　株式会社　先輩　恐れ入ります　外へ出て　申し伝えます
　　　　　　　　　　　かぶしきがいしゃ　せんぱい　おそ　い　そと　で　もう　つた

考えよう！

① 誰に電話がかかってきましたか。
　だれ　でんわ

.....

② 田中さんは、どこで何をしていますか。
　たなか　　　　　　　なに

.....

③ 女性の先輩社員が言う「そこまで」とはどういうことですか。
　じょせい　せんぱいしゃいん　い

.....

④ あなたなら、どうしますか。
　1. お客様に、先輩の携帯電話の番号を教える。
　　きゃくさま　せんぱい　けいたいでんわ　ばんごう　おし
　2. お客様に、先輩は会議中であると伝える。
　　きゃくさま　せんぱい　かいぎちゅう　つた
　3. お客様に、先輩が席にいないので、先輩が戻ったら折り返し電話させると伝える。
　　きゃくさま　せんぱい　せき　　　　　　せんぱい　もど　　お　かえ　でんわ　　　つた
　4. お客様に、先輩がどこに行ったかわからないと伝える。
　　きゃくさま　せんぱい　　　　い　　　　　　　　　つた

（解説）必要な情報を伝えるだけで十分！

當公司以外的人打電話來，對方要找的職員因休息而不在位子上時，不用特意告知對方該職員正在休息。只要回答「席を外しております」（目前不在位置上）、「外出しておりますが、あと○○分で戻る予定です」（目前外出中，大約○○分會回來）即可。或是在回答中加上「戻りましたら、こちらからお電話を差し上げるように伝えましょうか」（他若是回來了，需要他回電給您嗎？）等話語，會使應對更加理想。

為る.

使ってみよう！　回想漫畫的情境，並扮演下列會話中的角色，試著說說看。

お客様
1 田中様はいらっしゃいますでしょうか。

2 申し訳ございません。田中はただ今外出しております。戻りましたら、こちらからお電話を差し上げるように伝えましょうか。

お客様
3 ありがとうございます。よろしくお願いいたします。

会話を作ろう！　以 A、B 角色的立場，根據指示編寫對話，並試著說說看。

〔**A**はお客様、**B**は営業部社員〕

A：（電話で）営業部の鈴木さんがいるかどうか聞いてください。→

B：鈴木さんが、席にいないことを**A**に伝えてください。→

鈴木さんが戻ってきたら折り返し電話をした方がよいか、**A**に聞いてください。

A：お礼を言って、そうしてもらうように言ってください。→

ビジネス日本語にチャレンジ！❶

次の文の_____に入れるのにもっともよいものを、右の1～4の中から1つ選んでください。

残念ながら今回の交渉は不調に終わったけれど、交渉を担当した部長の前では、それは言わぬ____Z____だよ。

1. 鳥（とり）
2. 花（はな）
3. 金（きん）
4. 仏（ほとけ）

（正解はP.100）

言わぬが花だ

「マンガ中国語訳」と「考えよう！」「会話を作ろう！」の解答例は**P.76**へ→

02 ほうれんそうの前に確認を!

読む前に ▶ 想跟上司和前輩報告工作，但大家看起來都在忙。
你會怎麼報告？

【オフィスのことば】　朝礼　ほうれんそう（報告・連絡・相談）
　　　　　　　　　　　先日　〜の件　まとまって

① チャタくんは、上司から最初に何と言われましたか。

② ビジネスにおける「ほうれんそう」とは何のことですか。

③ チャタくんは、どうして困っているのですか。

④ あなたなら、どうしますか。
　1. 仕事の報告なので、相手に今すぐに聞いてくださいと言う。
　2. 相手に初めに今時間が取れるかどうかを聞いて、何についての報告かを伝える。
　3. 相手が忙しそうなので報告しない。
　4. 暇に見える人を探して報告する。

**解説** # どんなコミュニケーションも相手に対する配慮が大事！
あいて　たい　はいりょ　だいじ

「ほうれんそう」（＝報告、聯絡、商量）表達日本職場溝通中最重要的三件事。但是也並非隨時隨地、胡亂地使用「ほうれんそう」就是正確的。想要進行溝通，必須要有對象。應該考慮好工作的內容和進度，並顧慮對方的情況來進行。如果無法判斷使用「ほうれんそう」的時機和事項，可以事先向上司或前輩確認。

使ってみよう 回想漫畫的情境，並扮演下列會話中的角色，試著說說看。

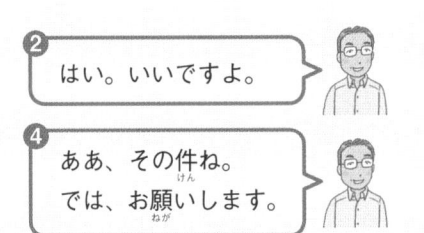

① 今、お時間をいただいてもよろしいでしょうか。
いま　じかん

② はい。いいですよ。

③ 昨日のR商事の件で、ご報告してもよろしいですか。
きのう　しょうじ　けん　ほうこく

④ ああ、その件ね。では、お願いします。
けん　ねが

会話を作ろう 以Ａ、Ｂ角色的立場，根據指示編寫對話，並試著說說看。

〔Ａは部下、Ｂは課長〕
ぶか　かちょう

Ａ：（オフィスで）Ｂに時間が取れるかどう　→
じかん　と
　　かを聞いてください。
　　き

Ｂ：返事をして、何の話か聞いてください。　→
へんじ　なん　はなし　き

Ａ：今日のＸ物産の件についての報告だと説　→
きょう　ぶっさん　けん　ほうこく　せつ
　　明してください。
　　めい

Ｂ：これから会議なので、会議が終わってか　→
かいぎ　かいぎ　お
　　ら聞くと言ってください。
　　き　い

Ａ：Ｂが会議から戻ったら、報告すると答え　→
かいぎ　もど　ほうこく　こた
　　てください。

ビジネス 日本語 にチャレンジ！②

次の文の＿＿＿＿＿＿に入れるのにもっともよいものを、
つぎ　ぶん　い
右の１～４の中から１つ選んでください。
みぎ　なか　えら

＿＿＿＿＿＿で、もう打つ手がないと思う状況でも、知恵を絞れば、必ず
う　て　おも　じょうきょう　ちえ　しぼ　かなら
それを打開する手立てがあるものだ。
だかい　てだ

1. 一触即発
いっしょくそくはつ
2. 四角四面
しかくしめん
3. 八方ふさがり
はっぽう
4. 十把ひとからげ
じっぱ

（正解はP.100）

「マンガ中国語訳」と「考えよう！」「会話を作ろう！」の解答例はP.76へ→

03 待つ身になってみないとね……

読む前に ▶ 客戸打電話來詢問事情。
但是談話內容你一個人無法回答，這時你會怎麼做？

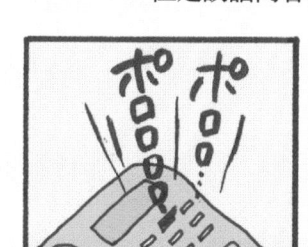

【オフィスのことば】　コール　以内　保留　確認　〜いたします　少々お待ちください
　　　　　　　　　　　〜の件　申し訳ございません　電話（が）つながって（い）た

考えよう！

① チャタくんは、電話に出たとき、どうして喜んだのですか。

----

② チャタくんは、電話で問い合わせを受けたあとに、まず何をしましたか。

----

③ チャタくんは、次に何をしましたか。

----

④ 電話の相手は、どうして怒っているのですか。
　1. チャタくんが３コール以内に電話を取ったから。
　2. チャタくんが確認をするために電話を保留にしたから。
　3. チャタくんがわからないことについて先輩に質問したから。
　4. 電話がつながった状態で、長い時間待たされたから。

解説　たった一言で相手の気持ちも救われる！

「稍等」大約
是一分鐘。

據說人能心平氣和地將話筒放在耳邊等待的時間，約以一分鐘為限。當你跟對方說「少々お待ち下さい」（請稍等一下）並保留通話時，此時的「稍等」必須控制在一分鐘內。如果可能要讓對方等更久，可以向對方說「確認してこちらから電話します」（確認之後再回電給您），先切斷通話會比較理想。如果需要花比較久的時間確認，應向對方告知估計需要的時間。若是無法在時間內確認完畢，也務必通知對方。

使ってみよう！
回想漫畫的情境，並扮演下列會話中的角色，試著說說看。

1 お客様　御社の新製品について教えていただけないでしょうか。

2 はい。確認いたしますので、少々お待ちください。

3 お客様　わかりました。

4 たいへんお待たせいたしました。その件につきましては、担当者からご案内させていただきます。

会話を作ろう！
以 A、B 角色的立場，根據指示編寫對話，並試著說說看。

〔 A はお客様、B は社員 〕

A：（電話で）修理をお願いしたパソコンがいつ戻ってくるか問い合わせてください。 →

B：担当者に確認するので、少し待ってもらうようにお願いしてください。 →

A：承知したことを伝えてください。 →

B：待たせたことをおわびして、確認するのに時間がかかるので、またあとでこちらから電話をすると伝えてください。 →

ビジネス 日本語 にチャレンジ！ ❸

次の文の＿＿＿＿に入れるのにもっともよいものを、右の1〜4の中から1つ選んでください。

誠に申し訳ございません。ただ今、担当者は＿＿＿＿外出中で、すぐには戻ってまいりません。いかがいたしましょうか。

1. 折よく
2. しかるべく
3. あいにく
4. なるべく

（正解はP.100）

「マンガ中国語訳」と「考えよう！」「会話を作ろう！」の解答例はP.77へ➡　13

04 書き出しが肝心なのです。

読む前に ▶ 要傳電子郵件給客戶公司裡從未見過面的人。
你會怎麼寫信件開頭？

【オフィスのことば】 **株式会社** かぶしきがいしゃ **御担当者** ごたんとうしゃ **書き出し** かきだし **英文** えいぶん **CC** **返信** へんしん

考えよう！

① チャタくんは、誰にメールを送りましたか。

② メールを送った相手とチャタくんとは、どういう関係ですか。

③ 先輩はどうして困っているのでしょうか。

④ あなたなら、メールをどのように書き出しますか。

1. こんにちは、お元気ですか。

2. ご無沙汰しております。

3. お世話になっております。初めてメールをお送りいたします。

4. お疲れさまです。

解説　ビジネスメールの書き方には形式がある！

工作上要寄電子郵件時，收件人後面會加上寒暄用語。就算是要寄給客戶公司裡的人，面對不認識的對象，第一次寄信時開頭應該先寫上「初めてメールいたします」（初次寫信給您）。若是寄給有過郵件往來的對象，開頭則是寫「お世話になっております」（承蒙您的關照）。另外，寄給未有生意往來的對象，郵件應寫上「突然のメールで失礼いたします」（請容我冒昧突然寄信給您）。在這類型的寒暄文後方，要附上自己的姓名，並簡潔說明來信用意。

△ 初めてメール いたします。
はじめ

メールを読んでみよう！

```
F株式会社　御担当者様　　　　　　　　　　　　　… 〈宛名〉

初めてメールをお送りいたします。　　　　　　　… 〈あいさつ文〉

G株式会社の田中と申します。　　　　　　　　　… 〈自己紹介〉

弊社の新商品発売のお知らせの件で、メールを差し上げました。… 〈用件〉
　　　　：

よろしくお願い申し上げます。

G株式会社　営業部　田中一郎　　　　　　　　　… 〈署名〉
```

メールを書いてみよう！　根據下列指示，試著寫寫看電子郵件。

● 株式会社X商事の加藤さん宛に、商品を注文してもらったお礼のメールを書いてください。
※ 加藤さんとは何度かやり取りをしています。
※ メールの最後に、署名（社名・所属部署・氏名・会社の住所・電話番号・メールアドレス）などを
　入れてください。自宅の住所や電話番号などでもかまいません。

→

ビジネス 日本語 にチャレンジ！❹

次の文の＿＿＿＿＿に入れるのにもっともよいものを、
右の1〜4の中から1つ選んでください。

いつもお世話になり、＿＿＿＿＿。昨日、お電話いたしました営業担当の
田中と申します。

1. すみません
2. 恐縮でございます
3. 幸いに存じます
4. ありがとうございます

（正解はP.100）

05 何を聞きたいかを、最初にね。

読む前に ▶ 工作上有不懂的地方，想跟前輩討論。
你會如何討論？

【オフィスのことば】　お伺いしたい　簡潔

考えよう！

① チャタくんは、なぜ先輩に話しかけたのですか。

② そのときの先輩の様子はどうでしたか。

③ 先輩は、チャタくんの話の途中で、どうして「ちょっと待って！」と言ったのですか。

④ あなたなら、どうしますか。

1. 仕事の相談なので、最後まで詳しく話をする。
2. 先に相談があることを伝え、内容を簡潔に話す。
3. 先輩の仕事が終わるまで、ずっと待っている。
4. 先輩の仕事を邪魔しないように、自分で考えて判断する。

解説 最初にテーマと目的をはっきりと伝えることが大切！

剛開始工作時，一定會有成堆不懂的事情。當遇到不懂的地方，不要一個人解決，一邊進行，一邊跟上司或前輩確認會比較妥當。但是對方同樣也正在工作，因此詢問時，應該先簡要地傳達想討論的內容，並詢問對方有沒有時間。另外，自己也必須事先整理好談話內容再討論。

使ってみよう！　回想漫畫的情境，並扮演下列會話中的角色，試著說說看。

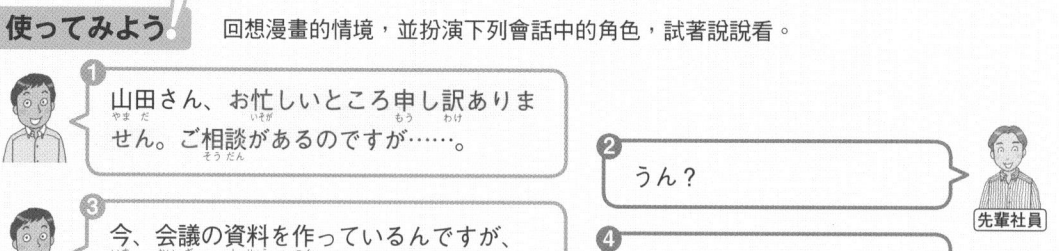

① 山田さん、お忙しいところ申し訳ありません。ご相談があるのですが……。

② うん？　【先輩社員】

③ 今、会議の資料を作っているんですが、このデータはどうしたらいいでしょうか。

④ それはね、今年のデータと昨年のデータを比較できるようにすればいいよ。　【先輩社員】

⑤ ありがとうございました。

会話を作ろう！　以 A、B 角色的立場，根據指示編寫對話，並試著說說看。

〔 A は後輩社員、B は先輩社員の佐藤 〕

A：（オフィスで）相談したいことがあるので、B に話しかけてください。ただし、B は忙しそうに仕事をしています。　→

B：仕事をしながら、簡単に返事をしてください。　→

A：会議の資料ができたので、人数分コピーしていいか聞いてください。　→

B：その前に資料を課長に見せたほうがいいと答えてください。　→

A：了解したことを伝え、課長に見せてからコピーすると話してください。最後に、お礼を言ってください。　→

ビジネス 日本語 にチャレンジ！ ❺

次の文の＿＿＿＿＿に入れるのにもっともよいものを、右の 1〜4 の中から 1 つ選んでください。

顧客に対してどれほど説明を繰り返しても、それが要領を＿＿＿＿＿もののならば、商談はまとまりません。

1. 射た
2. 得た
3. 外した
4. 得ない

（正解は P.100）

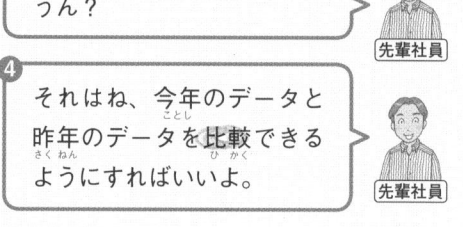

06 その呼び方、ちょっと待った

【オフィスのことば】　電話（を）取る　慣れて　コール　部長　かしこまりました
少々お待ちください

考えよう！

① 取引先の会社の人は、誰に電話をかけてきましたか。

② チャタくんは、どのように対応しましたか。

③ 取引先の会社の人は、どうしてあきれているのですか。
　1. チャタくんがとても明るく対応してくれたから。
　2. チャタくんが自分の上司の名前のあとに「部長」をつけたから。
　3. チャタくんが電話を2コール目に取ったから。
　4. チャタくんが電話の取り次ぎで自分を待たせたから。

（解説）社外の人の前では役職名のつけ方に注意する！
しゃ　がい　ひと　まえ　　　やく しょく めい　　　　　　　かた　　ちゅう い

跟公司以外的人談話時，就算是談到自己的上司，稱呼自己公司的人時都不能加上敬稱。例如，公司以外的人打電話來說「佐藤部長是……」（佐藤部長是……）的情況，這是把職稱當敬稱使用，因此為了消除敬稱，需轉換成「部長の佐藤」（部長的佐藤）（＝職稱＋姓）。另外，也並非一定要加上職稱，只要說「佐藤からご連絡を差し上げます」（佐藤會聯絡您）、「佐藤は今週いっぱい出張に出ております」（佐藤這週因為出差不在）有姓氏即可。

使ってみよう！
回想漫畫的情境，並扮演下列會話中的角色，試著說說看。

1 はい。Ｐ社でございます。

2 私、Ｑ社の山本と申しますが、佐藤部長をお願いします。
お客様

3 かしこまりました。部長の佐藤ですね。少々お待ちください。

對自己公司的職員不用加敬稱。

会話を作ろう！
以Ａ、Ｂ角色的立場，根據指示編寫對話，並試著說說看。

〔 ＡはＸ社の社員、ＢはＹ社の社員の鈴木 〕

Ａ：（電話に出て）社名を名乗ってください。　→ _____

Ｂ：社名と名前を言って、小林部長がいるかどうか聞いてください。　→ _____

Ａ：返事をして、Ｂが話したい社員の名前を確認してください。　→ _____
そのまま少し待ってもらうようにお願いしてください。
_____
_____

ビジネス 日本語 にチャレンジ！❻

次の文の_____に入れるのにもっともよいものを、右の１～４の中から１つ選んでください。

部長の佐藤は以前から、御社にぜひとも工事をお願いしたいと_____。

1. おっしゃっています
2. お話しです
3. 申しております
4. 言っています

（正解はP.101）

「マンガ中国語訳」と「考えよう！」「会話を作ろう！」の解答例はP.79へ➡ 　19

07 電話はメモする習慣をつけて
でんわ　　　　　　　　　しゅうかん

読む前に ▶ 客戶打電話來，委託傳話。
你會怎麼做？

【オフィスのことば】　あいにく　外出　かしこまりました　戻り　〜次第　〔お〕電話（を）差し上げる
がいしゅつ　　　　　　　　もど　　　しだい　　　　　　　でんわ　　　　　さ
申し伝えます　失礼いたしました　申し訳ございません　伝言
もう　つた　　　　しつれい　　　　　　　　　もう　わけ　　　　　　　　でんごん

考えよう！

① 取引先の会社の人から上司に電話がかかってきたとき、上司はどうしていましたか。
とりひきさき　かいしゃ　ひと　　じょうし　でんわ　　　　　　　　　　　　　じょうし

② 取引先の会社の人は、チャタくんに何と言ったと考えられますか。
とりひきさき　かいしゃ　ひと　　　　　　　　　なん　い　　　　　かんが

③ チャタくんは、なぜ上司へ伝言しなかったのですか。
じょうし　でんごん

④ あなたなら、どうしますか。
　1. すぐに上司に電話して、取引先の会社の人の話を伝える。
　　　　　じょうし　でんわ　　　とりひきさき　かいしゃ　ひと　はなし　つた
　2. 取引先の会社の人に、あとでもう一度、電話をかけ直してもらうようにお願いする。
　　　とりひきさき　かいしゃ　ひと　　　　　　　　いちど　でんわ　　　　なお　　　　　　　　　ねが
　3. 取引先の会社の人の話を上司に伝えるために、メモを書いて残しておく。
　　　とりひきさき　かいしゃ　ひと　はなし　じょうし　つた　　　　　　　　　か　　　のこ
　4. 周りの人に電話の内容を話す。
　　　まわ　ひと　でんわ　ないよう　はな

解説 メモの内容が次の行動を教えてくれる！
（ないよう　つぎ　こうどう　おし）

當公司以外的人來電，負責職員卻不在時，如果對方委託訊息需要傳達，當下要立即寫下傳達事項及內容的筆記，並儘早確實地傳達給負責職員。或許會覺得「這點小事我記得住」，但人的記憶力並非萬無一失，平常就要養成寫筆記的習慣，這樣才不會忘記重要的事情。

把便條紙
放在桌上，
以備不時之需。

使ってみよう！
回想漫畫的情境，並扮演下列會話中的角色，試著說說看。

① （メモを見ながら）部長、K社の木下様からお電話がありました。部長が戻り次第、お電話をいただきたいとのことでした。
（み）（ぶちょう　しゃ　きのしたさま　でんわ）（ぶちょう　もど　しだい　でんわ）

② はい、ありがとう。わかりました。

会話を作ろう！
以 A、B 角色的立場，根據指示編寫對話，並試著說說看。

〔 Aは部下、Bは課長 〕
（ぶか）（かちょう）

A：（オフィスで、メモを見ながら）山田部長から外出中の課長宛に電話があり、課長が戻ったら、自分の部屋に来てほしいと部長が言っていたことを、課長に伝えてください。
（やまだぶ）（ちょう　がいしゅつちゅう　かちょうあて　でんわ　か）（ちょう　もど　じぶん　へや　き）（ぶちょう　い　かちょう　つた）

→ _____
_____
_____
_____

B：Aにお礼を言って、わかったと返事をしてください。
（れい　い）（へんじ）

→ _____
_____

ビ ジ ネ ス 日本語 にチャレンジ！ ❼

次の文の_____に入れるのにもっともよいものを、右の1～4の中から1つ選んでください。
（つぎ　ぶん）　　　　　　　　（い）
（みぎ　　　　なか　　　えら）

課長、S商事の鈴木専務からお電話をいただきまして、会場へは14時にいらっしゃる_____。
（かちょう　しょうじ　すずきせんむ　でんわ　かいじょう　じ）

1. のだとか
2. とのことです
3. らしいです
4. に違いありません
（ちが）
（正解はP.101）

08 4時と14時は大違い。

（じ）（じ）（おお ちが）

読む前に ▶ 要打電話跟客戶約會面的時間。
你會注意些什麼？

【オフィスのことば】　取引先　お伺いしたい　お待ちしております　お伺いします
かしこまりました　お待ちしています　外出　戻れれば　お約束
申し訳ございません　少々お待ちいただけますか

考えよう！

① 誰からの電話ですか。また、用件は何ですか。

② 電話の相手はいつ来たいと言っていますか。

③ チャタくんは、取引先の人がいつ来ると思いましたか。

④ 電話で取引先の会社の人と日時の約束をするとき、あなたならどうしますか。
1．間違えないように、メモをする。
2．間違えないように、相手にもう一度言ってくださいとお願いする。
3．間違えないように、自分がもう一度言って相手に確認してもらう。
4．間違えないように、上司に電話を代わってもらう。

解説　約束の日時は必ず復唱しよう！

表示時間時，會有12小時制跟24小時制兩種方式。商務場合則是兩種都會用到。在這之中，特別是下午「3點」跟「13點」、下午「4點」跟「14點」，還有下午「5點」跟「15點」等等表示方式經常聽錯，而在工作上容易引發錯誤和問題。因此，訂定工作日程時，務必重複一次日期及時間，確認沒有弄錯。

使ってみよう！　回想漫畫的情境，並扮演下列會話中的角色，試著說說看。

お客様 ❶ 一度おうかがいしたいのですが。

❷ ええ、ぜひお越しください。

お客様 ❸ では、6月30日14時におうかがいいたします。

❹ 6月30日の4時でございますね。

お客様 ❺ いいえ、14時です。

❻ 失礼いたしました。14時、午後2時ですね。かしこまりました。お待ちしております。

会話を作ろう！　以A、B角色的立場，根據指示編寫對話，並試著說說看。

〔AはX社の社員、BはY社の社員〕

A：（電話で）Bの都合のよいときに一度行きたいと伝えてください。　→

B：了解したと言ってください。「8日の13時」はどうですかと聞いてください。　→

A：「4日の3時」と復唱して確認してください。　→

B：違うと答えて、正しい日時をもう一度伝えてください。　→

A：おわびしてください。日時を正しく言い直して、Bの会社に行くと話してください。　→

B：待っていると答えてください。　→

ビジネス日本語にチャレンジ！❽

次の文の_____に入れるのにもっともよいものを、右の1～4の中から1つ選んでください。

約束の時間をうっかり_____、取引先の信用さえ、一度に失うことがある。

1. 間違えたりすると
2. 間違えたとはいえ
3. 間違えたにしても
4. 間違えたからには

（正解はP.101）

「マンガ中国語訳」と「考えよう！」「会話を作ろう！」の解答例はP.80へ➡　23

09 だから、順番は大切なんですって！

読む前に ▶ 與公司職員造訪客戶公司時，要介紹自己公司的職員。
你會如何介紹？

【オフィスのことば】　部長　取引先　案内　お世話になっている　紹介　緊張
少々お待ちください　失礼いたします　～の件
お世話になっております　うまくいった

考えよう！

① チャタくんは、どうして緊張しているのですか？

② チャタくんは、最初に誰を、誰に紹介しましたか。

③ 佐藤部長は、どうして困っているのですか。

④ あなたなら、どうしますか。
1. 最初に上司を取引先の会社の人に紹介して、次にその人を上司に紹介する。
2. 最初に自己紹介をして、次に取引先の会社の人を上司に紹介する。
3. 最初に取引先の会社の人を上司に紹介して、次に上司をその人に紹介する。
4. 上司と取引先の会社の人に自由に紹介しあってもらう。

解説 社外と社内、目上と目下の区別がマナーの前提！

介紹初次見面的人時，「先介紹輩分低的人，再介紹輩分高的人」是基本禮儀。自己公司的職員和客戶相比，客戶輩分必然較高，因此必須先介紹「自己公司的職員」給客戶，接著才介紹「客戶」給自己公司的人。介紹自己公司的職員時，要注意人名後面，不可以加敬稱(職稱)。

先介紹自己公司的人！

使ってみよう！　回想漫畫的情境，並扮演下列會話中的角色，試著說說看。

1 鈴木様、こちらは部長の佐藤です。部長、こちらは鈴木様です。

2 はじめまして、佐藤と申します。いつもお世話になっております。

3 はじめまして、鈴木と申します。

取引先の人

会話を作ろう！　以 A、B、C 角色的立場，根據指示編寫對話，並試著說說看。

〔 A は X 社課長、B は X 社の新入社員の山田、C は Y 社部長の佐藤 〕

A：（応接室で）新しく配属になった B を、　→
　　取引先の会社の C に紹介してください。　→

B：初対面の C にあいさつをしてください。　→

C：B にあいさつを返してください。　→

ビジネス 日本語 にチャレンジ！ 9

次の文の_____に入れるのにもっともよいものを、右の1〜4の中から1つ選んでください。

初対面の人と会うときは、ビジネスの場ではなおさら、礼を_____ことが求められます。

1. する
2. 行う
3. 返す
4. 尽くす

（正解は P.101）

10 有給休暇！心奪われる響きだけれど。
ゆう きゅう きゅう か
こころ うば　　　　　　ひび

【読む前に】 ▶ 想要請特休假時，你會選什麼時候休？

【オフィスのことば】 輸入　事業　〜部　残業　繁忙期　有休　有給休暇
　　　　　　　　　　　ゆにゅう　じぎょう　ぶ　ざんぎょう　はんぼうき　ゆうきゅう　ゆうきゅうきゅうか
　　　　　　　　　　　取得　早速　よろしく　部長
　　　　　　　　　　　しゅとく　さっそく　　　　　ぶちょう

 考えよう！

① 今月のチャタくんの部署は、どんな様子ですか。
　 こんげつ　　　　　　　　ぶしょ　　　　　ようす

② チャタくんは、部長に何をお願いしましたか。
　　　　　　　　　ぶちょう　なに　ねが

③ 部長はどんな様子でしたか。
　 ぶちょう　　　　ようす

④ あなたなら、どうしますか。
　1. 10月は紅葉がきれいなので、有給休暇を取りたいと部長にお願いする。
　　 がつ　こうよう　　　　　　　　ゆうきゅうきゅうか　と　　　　ぶちょう　ねが
　2. 同僚を誘って、みんなで一緒に有給休暇を取りたいと部長にお願いする。
　　 どうりょう　さそ　　　　　　いっしょ　ゆうきゅうきゅうか　と　　　　ぶちょう　ねが
　3. 部長の機嫌がいいときに、有給休暇を取りたいとお願いする。
　　 ぶちょう　きげん　　　　　　　ゆうきゅうきゅうか　と　　　　ねが
　4. 部署があまり忙しくない時期を選んで、有給休暇を取りたいと部長にお願いする。
　　 ぶしょ　　　　いそが　　　　じき　えら　　　ゆうきゅうきゅうか　と　　　　ぶちょう　ねが

解説　欲しいのは周りの人たちへの思いやり！

雖然請特休是員工的權利，但如果突然要求休假，會給其他人帶來困擾。若是想在工作繁忙期間請特休時，包含非休不可的情形，都要事先跟上司商量比較妥當。另外，務必先跟同事和工作的相關人員，交接好業務內容再休假。

使ってみよう！　回想漫畫的情境，並扮演下列會話中的角色，試著說說看。

1 あの、忙しいときに申し訳ございません。繁忙期が終わったら有給休暇をいただきたいのですが、よろしいでしょうか。

要提前商量！……對吧。

2 うん、来月になればあまり忙しくなくなるから、いいですよ。

3 ありがとうございます。

会話を作ろう！　以 A、B 角色的立場，根據指示編寫對話，並試著說說看。

〔 Aは部下、Bは上司〕

A：（オフィスで）来月、母国で姉の結婚式があるので、有給休暇を取りたいとBにお願いしてください。　→
部署は来月、繁忙期です。

B：お祝いの言葉を言って許可してください。　→

A：申し訳ない気持ちを表して、お礼を言ってください。　→

ビジネス 日本語 にチャレンジ！⑩

次の文の＿＿＿＿＿に入れるのにもっともよいものを、右の1～4の中から1つ選んでください。

急な休みをいただくこととなり、皆様には何かと面倒を＿＿＿＿＿が、何とぞよろしくお願いいたします。

1. お譲りいたします
2. お引き受けいただきます
3. おかけいたします
4. 見ていただきます

（正解はP.101）

「マンガ中国語訳」と「考えよう！」「会話を作ろう！」の解答例はP.82へ➡

日本語は難しい!?
にほん ご むずか

―ことばの大切さ―
たい せつ

在商務日語的世界，能夠流利說出母語以外的語言，可說是無比的美好。但這絕非簡單之事。不管任何語言，想要學會就必經失敗以及不斷摸索的過程。只要不灰心喪志，即使是「困難」的日語也能漸漸使用得宜。重要的是要有幹勁與毅力。

"様" さえつければいいってわけじゃない！
さま

人名後加上「様」為敬
さま
稱的表現。但是，要詢問對方姓名時，若使用「何樣」（哪位）會顯得
なにさま
相當失禮。「何樣」多用
なにさま
於挖苦態度自以為是的人。商務場合上要詢問對方姓名時，會使用「どちら様ですか」（請問貴
さま
姓？）。

漢字の読み間違いに注意！

※ 漢字の正しい読み方 ——「汎用性」＝「はんようせい」、「踏襲」＝「とうしゅう」、
　　　　　　　　　　　　「進捗」＝「しんちょく」、「割愛」＝「かつあい」。

 ## 略語は社内での使用に留めましょう。

※「リスケ」——「リスケジュール」（＝スケジュールを組み直すこと）の略語。

11 あれ？ みんな、まだ帰らないの？

読む前に ▶ 今天的工作都結束了，但是周圍的人都還在工作。
你會怎麼做？

【オフィスのことば】　〜の件　戻りました　部長
　　　　　　　　　　　　　　けん　もど　　　　　　ぶちょう

考えよう！

① これは会社の一日の中で、いつのことですか。
　　かいしゃ　いちにち　なか

② パナラットさんの仕事はどういう状態ですか。
　　　　　　　　　　　しごと　　　　　じょうたい

③ パナラットさんはどうして帰ろうとしないのですか。
　　　　　　　　　　　　　かえ

④ あなたなら、どうしますか。
　1. 自分の仕事が終わったので、「さようなら」と言ってさっと帰る。
　　　じぶん　しごと　お　　　　　　　　　　　　　い　　　　　　かえ
　2. 周りの人の仕事の邪魔にならないように、黙ってそっと帰る。
　　　まわ　ひと　しごと　じゃま　　　　　　　　だま　　　　　　かえ
　3. 周りの人に「何かお手伝いしましょうか？」と声をかけ、手伝うことが何もなければ
　　　まわ　ひと　なに　てつだ　　　　　　　　こえ　　　　てつだ　　　　なに
　　　「お先に失礼します」と言って帰る。
　　　さき　しつれい　　　い　　　かえ
　4. みんなの仕事が終わるまで、自分の席に座ってずっと待っている。
　　　しごと　お　　　　　　じぶん　せき　すわ　　　　　　　ま

解説 周囲にひと声かけてから帰ろう！

打聲招呼
很重要喔！

有時候過了下班時間，即使自己的工作到一個段落了，若周圍的同事還在工作，自己就會很不好意思先下班。但其實不用無意義地留在公司，可以先問問周圍的同事「有什麼需要幫忙的嗎？」，如果沒有人委託工作，就可以說聲「我先離開了」，先行下班。要記住不用徒勞加班。

使ってみよう！ 回想漫畫的情境，並扮演下列會話中的角色，試著說說看。

① 何かお手伝いしましょうか。

② いや、大丈夫ですよ。お願いすることは特にありませんよ。

③ では、お先に失礼いたします。

④ お疲れさまでした。

会話を作ろう！ 以A、B角色的立場，根據指示編寫對話，並試著說說看。

〔Aは社員、BはAの同僚〕

A：（オフィスで）今から退社するところです。 →
　　Bにまだ帰らないのかと聞いてください。

B：まだ資料の整理が終わらないと答えてく →
　　ださい。

A：手伝うことがあるかと聞いてください。 →

B：手伝ってもらわなくても大丈夫だと答え →
　　てください。

A：わかったと返事をして、退社のあいさつ →
　　をしてください。

B：あいさつを返してください。 →

ビジネス 日本語 にチャレンジ！⓫

次の文の＿＿＿＿＿に入れるのにもっともよいものを、
右の1～4の中から1つ選んでください。

私は今、手があいております。私にお手伝いできるようなことがございましたら、＿＿＿＿＿お申し付けください。

1. 何なりと
2. 何もかも
3. 何としても
4. 何はともあれ

（正解はP.101）

「マンガ中国語訳」と「考えよう！」「会話を作ろう！」の解答例は**P.83**へ➡

12 スケジュール管理は
しっかりと。
（かんり）

【読む前に】 ▶ 在公司委託給你的工作量漸漸變多了。
面對眾多同事委託的工作，你會如何應對？

【オフィスのことば】 資料 まとめて 頼りにされて（い）る 間に合わない
（しりょう）　　　　　　　（たよ）　　　　　　　　（ま）（あ）

考えよう！

① パナラットさんは、仕事を頼まれたとき、どうして「がんばりましょう」と思ったのですか。
（しごと）（たの）　　　　　　　　　　　　　　　　　　　　　　　　　　　　（おも）

---

② 女性の先輩社員は、何を「大丈夫かしら」と心配しているのでしょうか。
（じょせい）（せんぱいしゃいん）（なに）（だいじょうぶ）（しんぱい）

---

③ 数日後のパナラットさんは、どんな様子ですか。
（すうじつご）　　　　　　　　　　　　　　（ようす）

---

④ 上司や先輩から新しい仕事を頼まれたとき、あなたならどうしますか。
（じょうし）（せんぱい）（あたら）（しごと）（たの）
　1．自分が今している仕事が終わってからすると答える。
　　（じぶん）（いま）（しごと）（お）　　　　　　（こた）
　2．今している仕事があるので、できないと言って断る。
　　（いま）（しごと）　　　　　　　　　　　（い）（ことわ）
　3．頼まれた仕事は断らないで、何でも引き受ける。
　　（たの）（しごと）（ことわ）　　　（なん）（ひ）（う）
　4．頼まれた仕事の内容と期限を確認し、自分が今している仕事の状況と照らし合わせてから
　　（たの）（しごと）（ないよう）（きげん）（かくにん）（じぶん）（いま）（しごと）（じょうきょう）（て）（あ）
　　どうするかを答える。
　　　　　　　　（こた）

解説 自分の仕事のボリュームと期限を見極める！

當委託工作給你時，代表自己受到信賴。但是，一旦沒有在期限內完成工作，就無法回應這份信賴。因此接到工作時，要先確認工作內容跟期限，對照自己現有工作的期限，決定處理的優先順序。依據狀況可以先跟周圍的人商量，調整工作的期限。

使ってみよう

回想漫畫的情境，並扮演下列會話中的角色，試著說說看。

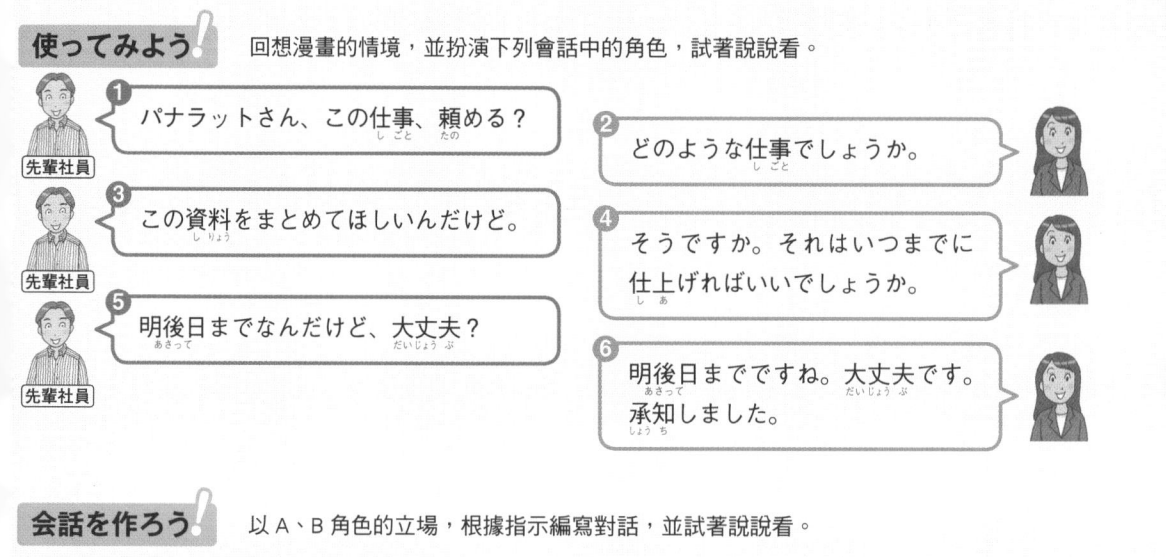

① パナラットさん、この仕事、頼める？
［先輩社員］

② どのような仕事でしょうか。

③ この資料をまとめてほしいんだけど。
［先輩社員］

④ そうですか。それはいつまでに仕上げればいいでしょうか。

⑤ 明後日までなんだけど、大丈夫？
［先輩社員］

⑥ 明後日までですね。大丈夫です。承知しました。

会話を作ろう

以 A、B 角色的立場，根據指示編寫對話，並試著說說看。

〔 A は先輩社員、B は後輩社員の鈴木〕

A ：（オフィスで） B に、仕事を頼んでもいいか聞いてください。　→

B ：どのような仕事か聞いてください。　→

A ：翻訳の仕事だと言ってください。　→

B ：その仕事の期限を聞いてください。　→

A ：明日だと言ってください。　→

B ：今、急ぎの仕事があるので、明後日までにしてほしいと言ってください。　→

ビジネス 日本語 にチャレンジ！⑫

次の文の＿＿＿＿＿に入れるのにもっともよいものを、右の 1 ～ 4 の中から 1 つ選んでください。

お客様を相手にする以上は、たとえ＿＿＿＿＿も借りたいほど忙しいときでも、ていねいな対応を忘れてはいけません。

1. 孫の手
2. 猫の手
3. 馬の脚
4. 虎の尾

（正解は P.102）

13 そこはちょっと思い切って！

読む前に ▶ 職場上什麼情況下，難以開口跟上司說話？

【オフィスのことば】 必着　間に合わない　課長　相談　来客中
ミーティングスペース　大至急

考えよう！

① 職場の人たちは、どうしてあわてているのですか。

② パナラットさんは先輩たちから、何をするように言われましたか。

③ 課長を見つけたパナラットさんは、どうして困っていますか。

④ 急ぎの用件がある場合、あなたならどうしますか。
1. 自分の部署に戻って、どうするかを先輩と相談する。
2. お客様との面談が終わるまで、課長のそばで、ずっと待つ。
3. 課長のところまで行って、いきなり話に割り込んで用件を話す。
4. 用件を書いたメモを課長にそっと渡す。

 **解説** 急ぐときには、ひと声かけてメモを渡そう！
いそ　　　　　　　　　　　　　こえ　　　　　　　　　わた

如果有事情要傳話給正在接待客人的職員，基本上必須要等對方接完客以後再傳達，但有時會出現必須當下傳達的急事，為了不對客人失禮，先打聲招呼說「不好意思打擾你們談話」，再把傳話事項的便條遞給對方。另外，即使很緊急，也不要突然靠近對方講話，先從遠處進入對方視線內，讓對方注意到自己以後，會比較容易傳遞便條。

使ってみよう！ 回想漫畫的情境，並扮演下列會話中的角色，試著說說看。

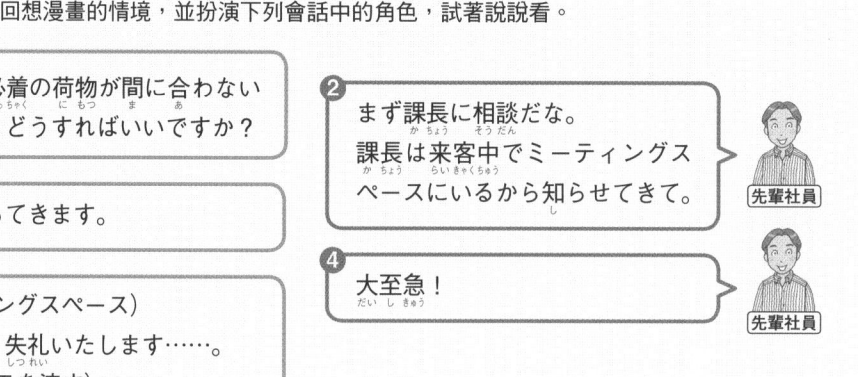

① 今日午後必着の荷物が間に合わない
きょう ご ご ひっちゃく にもつ ま あ
そうです。どうすればいいですか？

② まず課長に相談だな。
か ちょう そうだん
課長は来客中でミーティングス
か ちょう らいきゃくちゅう
ペースにいるから知らせてきて。
し
先輩社員

③ はい。行ってきます。
い

④ 大至急！
だい し きゅう
先輩社員

⑤ （ミーティングスペース）
お話し中、失礼いたします……。
はな ちゅう しつれい
（課長にメモを渡す）
か ちょう わた

会話を作ろう！ 以 A、B 角色的立場，根據指示編寫對話，並試著說說看。

〔Aは後輩社員、Bは先輩社員〕
こうはいしゃいん せんぱいしゃいん

A：（オフィスで）課長にお客様から急ぎの電話　→
か ちょう きゃくさま いそ でん わ
がかかってきました。Bにどうしたらいいか
聞いてください。
き

B：課長にすぐに知らせにいくように指示してく　→
か ちょう し し じ
ださい。課長は会議中で、会議室にいます。
か ちょう かい ぎ ちゅう かい ぎ しつ

A：行くと返事をしてください。（会議室に入っ　→
い へん じ かい ぎ しつ はい
て）課長にひと声かけて、メモを渡してくだ
か ちょう こえ わた
さい。

ビジネス 日本語 にチャレンジ！⑬

次の文の＿＿＿＿＿＿に入れるのにもっともよいものを、
つぎ ぶん い
右の１～４の中から１つ選んでください。
みぎ なか えら

＿＿＿＿＿＿の事態が起こっても、きちんと対応できるように準備してお
じ たい お たいおう じゅん び
くことが、リスクマネジメントの基本です。
き ほん

1. 不明
ふ めい
2. 不惑
ふ わく
3. 不問
ふ もん
4. 不測
ふ そく

（正解はP.102）

「マンガ中国語訳」と「考えよう！」「会話を作ろう！」の解答例はP.84へ➡

14 大事なのは日時とテーマ。
だい じ　　　　　　　　にち じ

読む前に ▶ 要發通知郵件給公司內部職員。
對於郵件寄信內容，你會注意些什麼？

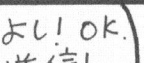

【オフィスのことば】　部内　会議　〜の件　連絡　送信先　送信
　　　　　　　　　　　ぶない　かいぎ　　　　けん　れんらく　そうしんさき　そうしん
　　　　　　　　　　　会議室　よろしくお願いします　いったい
　　　　　　　　　　　かいぎしつ　　　　　　ねが

考えよう！

① パナラットさんは、先輩に何を頼まれましたか。
　　　　　　　　　　せんぱい　なに　たの

────────────────────────────────

② パナラットさんは、メールの内容について何を確認しましたか。
　　　　　　　　　　　　　　ないよう　　　　なに　かくにん

────────────────────────────────

③ パナラットさんから送られてきたメールを見て、ほかの社員たちはどうして困っているので
　　　　　　　　　　　おく　　　　　　　　　み　　　　　　しゃいん　　　　　　　　こま
　すか。

1. 会議の日時がわからなかったから。
　　かいぎ　にちじ
2. 会議の場所がわからなかったから。
　　かいぎ　ばしょ
3. 誰から誰に宛てたメールかわからなかったから。
　　だれ　　だれ　あ
4. 会議のテーマがわからなかったから。
　　かいぎ

36

解説 会議を開く主旨がわかるように伝える！

會議通常會占用眾人寶貴的時間，為了讓會議達到相應的價值，出席者事前必須先各自準備好資料。另外，預先將會議的主題和主旨傳達給出席者，則可讓出席者有時間準備。因此通知開會時，除了日期和場所、出席者等資訊以外，也必須明確地傳達會議的主題。

メールを読んでみよう！

皆様

お疲れさまです。パナラットです。
田中さんに代わってお知らせします。
部内会議についてのお知らせです。
10月11日（火）13時から第一会議室で行います。
テーマは新商品の販売方法についてです。

よろしくお願いします。

信件重點是會議主旨。

メールを書いてみよう！ 根據下列指示，試著寫寫看電子郵件。

●部内の社員全員に、会議の開催を知らせてください。

会議：部内会議	日時：8月10日（木）14：00から
場所：C会議室	テーマ：来期の事業計画について

→

_____

_____

_____

ビジネス 日本語 にチャレンジ！⑭

次の文の_____に入れるのにもっともよいものを、
右の1～4の中から1つ選んでください。

先ほど、研修会の案内のメールを関係者の方全員に送信しましたが、
課長も_____いただいたでしょうか。

1. ご覧されて
2. ご覧なされて
3. ご覧になって
4. ご覧になられて

（正解はP.102）

15 最初のひと言が肝心！
さいしょ こと かんじん

読む前に ▶ 公司的電話響了。

你接起電話時，會先說什麼？

【オフィスのことば】 **株式会社**　**少々お待ちくださいませ**　**内線**　**外線**　**間に合いました**
　　　　　　　　　　　かぶしきがいしゃ　しょうしょう ま　　　ないせん　がいせん　ま あ

考えよう！

① 今日のパナラットさんの部署は、どんな様子ですか。
　きょう　　　　　　　　　　　　　　ぶしょ　　　　　ようす

② 電話が鳴り続けているのに、どうして同じ部署のみんなは、電話に出ないのですか。
　でんわ　な つづ　　　　　　　　　　おな　ぶしょ　　　　　　でんわ　で

③ 電話の相手は、なぜ怒っているのですか。
　でんわ　あいて　　　　おこ

④ あなたなら、鳴り続けていた電話に出たとき、初めに何と言いますか。
　　　　　　　な つづ　　　　　でんわ　で　　　　はじ　なん　い
　1. 「少々お待ちください」と言う。
　　　しょうしょう ま　　　　　い
　2. 「またあとで電話してください」と言う。
　　　　　　　　でんわ　　　　　　　い
　3. 「あとでこちらからお電話いたします」と言う。
　　　　　　　　　　　でんわ　　　　　　い
　4. 「たいへんお待たせいたしました」と言う。
　　　　　　　ま　　　　　　　　　い

解説 社名を名乗る前にひと言添えると解決！
しゃ めい　な の　まえ　こと　そ　かい けつ

電話基本禮儀是在響三聲內接起來。但有時候會因為接聽別的電話，或是有其他工作無法抽身，而不能立刻接起電話，只好讓對方等候。這時接起電話報出公司名稱前，要先加句「不好意思讓您久等了」，向對方表達歉意。

使ってみよう！

回想漫畫的情境，並扮演下列會話中的角色，試著說說看。

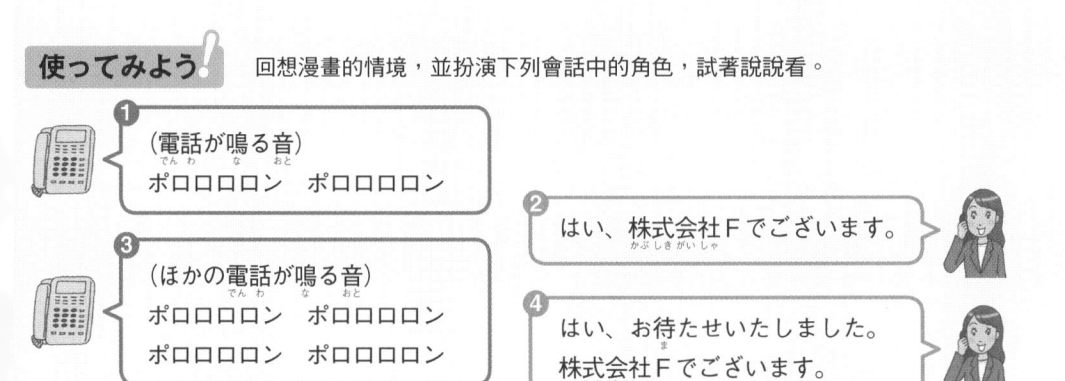

① （電話が鳴る音）
でん わ　な　おと
ポロロロロン　ポロロロロン

② はい、株式会社Fでございます。
かぶ しき がい しゃ

③ （ほかの電話が鳴る音）
でん わ　な　おと
ポロロロロン　ポロロロロン
ポロロロロン　ポロロロロン

④ はい、お待たせいたしました。
ま
株式会社Fでございます。
かぶ しき がい しゃ

会話を作ろう！

以A、B人物的角色，根據指示編寫對話，並試著說說看。

〔AはX社の社員、BはY社の社員の村山〕
しゃ しゃいん　しゃ しゃいん むらやま

（電話が鳴る音）ポロロロロン　ポロロロロン
でん わ　な　おと
　　　　　　　　ポロロロロン　ポロロロロン

A：電話に出てください。　→
でん わ　で

B：自分が勤めている会社と自分自身の名前　→
じ ぶん　つと　かい しゃ　じ ぶん じ しん　な まえ
を言ってください。吉田課長がいるかど
い　よし だ か ちょう
うか聞いてください。
き

A：あいさつをして、少し待ってもらうよう　→
すこ　ま
に言ってください。（課長を探す）……
い　か ちょう　さが
待たせたことをおわびして、吉田課長は
ま　よし だ か ちょう
会議中だと答えてください。
かい ぎ ちゅう　こた

「マンガ中国語訳」と「考えよう！」「会話を作ろう！」の解答例はP.86へ➡

16 いくら地図が苦手でも……。
ちず　にがて

読む前に ▶ 對第一次來訪公司的客戶，你會如何說明公司的所在處？

来社予定のお客様から電話が——

すみません、馬Rに着いたのですが地図を忘れてしまいまして…

えーっと…ですねぇ…

自分の通勤経路を思い出しながら——

目の前の交差点をまっすぐ渡って…

え？交差点？目の前に？ありません…けど…？

キョロキョロ

あ・えーっと南口を出ていただいて…

一階がコンビニのビルを右へ…あれ？あ、左へ…

右？

ウロウロ

えっ、左？

【オフィスのことば】　来社　予定　お客様　通勤経路
らいしゃ　よてい　きゃくさま　つうきんけいろ

考えよう

① 来社予定のお客様は、なぜ電話をかけてきたのですか。
らいしゃ よてい　きゃくさま　　　　　　でんわ

② パナラットさんは、お客様に対して、どのように説明しようとしましたか。
きゃくさま たい　　　　　　　　せつめい

③ パナラットさんに案内されたお客様は、どんな様子ですか。
あんない　きゃくさま　　　ようす

④ 来社予定のお客様から、会社への道順をたずねる電話がかかってきたとき、あなたなら
らいしゃ よてい　きゃくさま　　かいしゃ　みちじゅん　　　でんわ
どうしますか。

1．お客様に、自分の携帯電話で会社の場所を調べて来社してもらうように言う。
きゃくさま　じぶん けいたいでんわ かいしゃ ばしょ しら　らいしゃ　　　い

2．すぐに会社を出て、お客様を探しにいく。
かいしゃ で　きゃくさま さが

3．まずお客様がどこにいるかを確認し、そこから会社までの道順を案内する。
きゃくさま　　　かくにん　　　　　かいしゃ　みちじゅん あんない

4．お客様に、近くの交番で会社への道順をたずねてもらうように言う。
きゃくさま　ちか　こうばん かいしゃ　みちじゅん　　　　　い

（解説）頭の中に会社の周辺の地図を描いておこう！

現今因為有了智慧型手機，可以輕易地檢索如何前往要造訪的地址或拜訪處。即使如此，還是有不少客戶會用電話等詢問造訪公司的路線。因此必須能夠簡單明瞭地說明從最近的車站，或周邊地區到公司的路線。另外，引導路線時，基本上要先確認好客戶的所在位置。最重要的是站在客戶的立場來說明。

使ってみよう！
回想漫畫的情境，並扮演下列會話中的角色，試著說說看。

① お客様：X社の田中ですが……。

② お世話になっております。

③ お客様：こちらこそお世話になっております。すみません、駅に着いたのですが、実は地図を忘れてしまいまして……。

④ あ、そうですか。田中さんは今どちらにいらっしゃいますか。

⑤ お客様：駅の南口です。

⑥ そうですか。それでしたら、まず目の前の交差点を渡ってください。

会話を作ろう！
以A、B角色的立場，根據指示編寫對話，並試著說說看。

〔Aは来社予定のお客様、Bは社員〕

A：（電話で）地下鉄の駅に着いたが、道がわからないことを伝えてください。→

B：Aが今どこにいるか、確認してください。→

A：改札口を出たところだと言ってください。→

B：C2出口に向かうように言ってください。→

A：返事をしてください。→

B：C2出口を出たあとの道順を、以下のとおり案内してください。→
〔目の前の信号を渡る → コンビニの右にあるビルが会社 → ビルの3階が受付〕
※ほかにも、今あなたがいる場所や会社までの道順などを案内してみましょう。

ビジネス日本語にチャレンジ！⑯

次の文の_____に入れるのにもっともよいものを、右の1～4の中から1つ選んでください。

セミナーの会場は当館5階にございます。エレベーターを降りて、右手に進んでいただきます_____、受付がございます。

1. が
2. と
3. ので
4. としても

（正解はP.102）

17 何を話せばいいのかな？
（なに）（はな）

読む前に ▶ 面對初次見面的客戶，打完招呼後，你會說些什麼？

【オフィスのことば】 お客様　来社　ただ今　資料　お持ちします
きゃくさま　らいしゃ　　いま　しりょう　　も
少々お待ちください　初対面
しょうしょう　ま　　　しょたいめん

考えよう！

① パナラットさんは、誰と話していますか。
（だれ）（はな）

② パナラットさんは、どうして困っているのですか。
（こま）

③ パナラットさんと話をしているお客様は、どんな様子ですか。
（はなし）（きゃくさま）（ようす）

④ あなたなら、どんな話をしますか。
（はなし）
　1. 最近の天気について話をする。
　（さいきん）（てんき）（はなし）
　2. 相手の家族について話をする。
　（あいて）（かぞく）（はなし）
　3. 相手の趣味について話をする。
　（あいて）（しゅみ）（はなし）
　4. 信じている宗教について話をする。
　（しん）（しゅうきょう）（はなし）

 **解説 相手が困らない話題を選ぶことがコツ！**

和貿易往來公司的人或客戶見面時，在等待其他出席者或資料的時候，可能會出現必須跟對方單獨相處的時間。雖然這是可以透過對話了解對方的大好時機，但要注意不要踏入對方的私人領域，也必須避開政治和宗教相關話題。這時候，天氣等等不會觸犯到對方的話題最為安全理想。

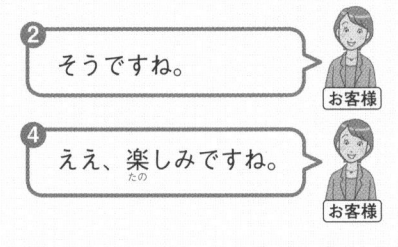

可以聊些季節或天氣的話題。

使ってみよう！ 回想漫畫的情境，並扮演下列會話中的角色，試著說說看。

① 今日は暖かいですね。

② そうですね。 お客様

③ そろそろ桜も咲きそうですね。

④ ええ、楽しみですね。 お客様

会話を作ろう！ 以A、B角色的立場，根據指示編寫對話，並試著說說看。

〔AはX社の社員、BはY社の社員〕

A：（応接室で）Bが来社しました。あいさつのあとで上司が席をはずしている間、Bと会話します。Bの服が濡れています。Bに話しかけてください。 →

B：Aが言ったことに簡単に答えてください。 →

A：今週は雨の日が多くて困ると、Bに話してください。 →

B：週末は晴れるといいと、Aに言葉を返してください。 →

※ほかにも、今日の天気を話題にして会話を作ってください。

ビジネス日本語にチャレンジ！⑰

次の文の＿＿＿＿＿に入れるのにもっともよいものを、右の1～4の中から1つ選んでください。

接客に際しては、お客様のプライベートに関わることにまで踏み込んで、＿＿＿＿＿たずねるようなことはしないでください。

1. 根掘り葉掘り
2. 一人ひとり
3. 入れ代わり立ち代わり
4. のらりくらり

（正解はP.103）

18 ほうれんそうは社外にも。

読む前に ▶ 拜訪客戶公司時，你最注意些什麼？

【オフィスのことば】 伺います　お急ぎのところ　申し訳ございません
仕方がない　資料　確認　取引先

考えよう！

① パナラットさんは、約束の時間にどのくらい遅れましたか。

___

② 電車が動くのを待つ間、パナラットさんは何をしていましたか。

___

③ 取引先の会社の人は、パナラットさんに会って、なぜあきれているのですか。

___

④ あなたなら、どうしますか。

1. 取引先の会社に着いてから、約束の時間に遅れたことを謝る。
2. 約束の時間に遅れそうなので、取引先の会社に電話して待ってもらえるか確認する。
3. 電車が止まっては仕方がないので、電車が動くのを待って遅れて取引先の会社に行く。
4. 取引先の会社に電話して、電車が止まったので今日は行かないと伝える。

（解説） 状況が変わったら、まずは相手に連絡する！
じょうきょう　か　　　　　　　　あいて　れんらく

拝訪客戶公司時，作為社會人士理所當然要遵守時間不能遲到。但即使再小心，也可能會有預想不到的狀況發生。若因為不得已的狀況，無論如何都無法趕上約好的時間，就必須立刻聯絡客戶，說明當前狀況，商量是否能等待自己的到訪，或是要更改拜訪時間。切記也要顧慮拜訪對象的行程預定。

使ってみよう！　回想漫畫的情境，並扮演下列會話中的角色，試著說說看。

1 取引先の会社の人
（電話に出る）
はい、P社の田中です。
でんわ　で　　　　　　　しゃ　たなか

2
Q社のパナラットですが、お世話になっております。
しゃ　　　　　　　　　　　せわ

3 取引先の会社の人
お世話になっております。
せわ

4
本日14時のお約束なのですが、実は電車が止まってしまいまして、申し訳ないのですが、お約束の時間より30分ほど遅くなりそうでして……。
ほんじつ　じ　　やくそく　　　　　　じつ　でんしゃ　と　　　　　　　　　　もう　わけ　　　　　　　　　　　やくそく　　じかん　　　　ぶん　　　おそ

5 取引先の会社の人
そうですか。承知しました。それではそのころに、お待ちしております。
しょうち　　　　　　　　　　　　　　　　　　　　ま

6
ご迷惑をおかけして申し訳ありません。よろしくお願いいたします。
めいわく　　　　　　　もう　わけ　　　　　　　　　ねが

会話を作ろう！　以A、B角色的立場，根據指示編寫對話，並試著說說看。

〔AはX社の社員の佐藤、BはY社の社員の高橋〕
しゃ　しゃいん　さとう　　　　　しゃ　しゃいん　たかはし

A：（電話に出て）社名と名前を言ってください。　→
でんわ　で　　しゃめい　なまえ　い

B：社名と名前を言い、あいさつしてください。　→
しゃめい　なまえ　い

A：あいさつを返してください。　→
かえ

B：今タクシーで向かっているが、道が混んで約束の時間に30分ほど遅れると言ってください。　→
いま　　　　　　　む　　　　　　　　みち　こ　　　やくそく　じかん　　　ぶん　　おく　　　い

A：わかったと返事をして、そのころに待っていると言ってください。　→
へんじ　　　　　　　　　　　　　　　ま　　　　　　　　い

B：おわびしてください。　→

ビジネス 日本語 にチャレンジ！⑱

次の文の_____に入れるのにもっともよいものを、
つぎ　ぶん　　　　　　　　い
右の1～4の中から1つ選んでください。
みぎ　　　　　なか　　　えら

勝手なお願いとは存じますが、ご面会いただく日時を改めさせていただくわけには_____でしょうか。
かって　ねが　　　　ぞん　　　　　　　めんかい　　　にちじ　あらた

1. いきます
2. いきません
3. まいります
4. まいりません

（正解はP.103）

19 名刺はきちんと整理しておかないと……。

【読む前に】 ▶ 和客戶交換了名片。

你會怎麼處理收到的名片？

【オフィスのことば】 名刺交換　名刺入れ　帰社　名刺　会議室

お客様　紹介　課　初めまして

考えよう！

① パナラットさんは訪問先で、取引先の会社の人たちに会って、何をしましたか。

② パナラットさんは帰社してから、受けとったたくさんの名刺をどうしましたか。

③ 会議室でお客様に名刺を差し出したパナラットさんは、どうしてあせっているのですか。

④ あなたなら、受けとった名刺をどうしますか。

1．すぐにポケットに入れる。

2．相手の話を聞きながら、メモを書き込むのに使う。

3．名刺入れにそのまま入れて、会社に帰ってから整理する。

4．受けとった名刺と自分の名刺とを分けて、名刺入れの中に入れておく。

解説 人と人とを結びつけるのが名刺の役割！

在日本，名片是相當重要的存在，甚至有些人認為名片就代表著自己。不管是對方的或自己的名片，都應該謹慎收好。名片夾裡應該將收到的名片和自己的名片分開擺放。也可以在名片上標註日期或場所、談話內容等，如此一來下次和對方見面談話時會大有幫助。另外，名片夾內自己的名片變少時，應該要立即補足。

使ってみよう！

① 初めてお目にかかります。K社の中村と申します。
（名刺を渡す）よろしくお願いいたします。
〔お客様〕

② （名刺を受けとる）Q社のパナラットと申します。
（名刺を渡す）こちらこそよろしくお願いいたします。

③ ちょうだいいたします。
〔お客様〕

名片要慎重收好。

会話を作ろう！ 以A、B角色的立場，根據指示編寫對話，並試著說說看。

〔AはX社の社員の鈴木、BはY社の部長の山本〕

A：（会議室で）Y社を訪問して、初めてBに会います。名刺を渡してあいさつしてください。 →

B： 名刺を受けとって、Aの名前を声に出して読んで確認してください。自分の名刺を渡してあいさつしてください。 →

A： Bの名刺を受けとって、お礼を言ってください。 →

ビジネス 日本語 にチャレンジ！⑲

次の文の_____に入れるのにもっともよいものを、右の1～4の中から1つ選んでください。

初めまして。ただ今、田中様からご紹介に_____A物産の木村と申します。

1. あずかりました
2. のぼりました
3. おっしゃいました
4. たまわりました

（正解はP.103）

「マンガ中国語訳」と「考えよう！」「会話を作ろう！」の解答例はP.88へ➡

20 仕事のメールに顔文字??

【読む前に】 ▶ 拝訪了客戶公司。
回公司後，你會做些什麼？

【オフィスのことば】 取引先　訪問　失礼いたします　お礼　早速　担当者
送信　ご覧になりました　本日　お忙しい中

考えよう！

①　パナラットさんは今日、何をしてきましたか。

②　パナラットさんは、会社に戻ってから何をしましたか。

③　メールを受けとった取引先の会社の人は、なぜ、あきれた顔をしているのですか。

④　あなたなら、どのようなメールを書きますか。
1．顔文字や絵文字などを使って、親しみやすく楽しいメールを書く。
2．社外の人宛の、「拝啓……」で始まる形式的で堅苦しい感じのメールを書く。
3．次回の訪問の予定など、用件だけのメールを書く。
4．感謝の気持ちが相手によく伝わる言葉で、礼儀正しいメールを書く。

（解説）親しい間柄になっても礼儀を忘れないことが大切！

不可以使用表情符號或特殊圖案！

拜訪完客戶公司後，如果能馬上寄出答謝的電子郵件給對方會十分得宜。但即使是很熟的客戶，還是要避免在工作的郵件內使用表情符號和特殊圖案，以及過於隨意或是太過像朋友的親暱表達文字。試著使用真誠有禮的簡潔話語，傳達感謝的心情。

メールを読んでみよう！

本日はお忙しい中、面会のお時間をいただき、ありがとうございました。
お二人にお話をうかがうことができて、たいへん勉強になりました。
今後ともよろしくお願いいたします。

メールを書いてみよう！ 請修改成商務電子郵件。

いつもお世話になってま～す（笑）
この間はゆっくり会えてうれしかったです。ヾ（o´∀`o）ノワァーイ♪
ありがとうございました♥
サンプルが用意できたので送りますね。
またよろしくお願いしま～す！

→

ビジネス 日本語 にチャレンジ！⑳

次の文の_____に入れるのにもっともよいものを、
右の1～4の中から1つ選んでください。

本日は、ご来店のうえご購入たまわり、誠にありがとうございました。
今後とも変わらぬご_____のほど、何とぞよろしくお願い申し上げます。

1. 承諾（しょうだく）
2. 尽力（じんりょく）
3. 愛顧（あいこ）
4. 面倒（めんどう）

（正解はP.103）

初心、忘るべからず！
（しょ しん わす）

―先輩だって失敗する―
（せん ぱい しっ ぱい）

剛進入公司時，要學習很多事物，磨練自身能力，無論是誰都非常認真致力於工作。但隨著時間而習慣工作後，往往會忘記要保持剛進公司時的謙虛，反而犯下新手級的嚴重失誤。不要忘記身為新進職員時所學到的每一樣事物，也是工作的基本之一。

積み重ねたいのは、書類でなくてキャリアです。
（つ かさ しょ るい）

先輩のアドバイス

要讓工作順暢進行，就必須時常整理桌面。雖然這是眾所皆知的常識，但往往會因為工作忙碌而無意間在桌面上堆置物品。如此一來可能常有焦急尋找重要文件的狀況。平常就建立起收進文件架好好整理的習慣，不要隨意堆疊文件。

 それ……バレてますよ！！

① ちょっと一息ついてから帰ろうかな…

② あー疲れた！ちょっとSNSでグチっちゃお…

③ まいっ
LEE♥LEE
あぁ…なんとか仕事終了♪
データが不備だらけでキツかった〜〜♪
FUKUTARO
お疲れ〜LEE♥L

④ 会社の人にはアカウント教えてないし、ちょっとくらいいいよね。
フフッ♥少し気が楽になってきたぁ♪

⑤ これって…李さんのアカウントよね……フーン、そうなんだ。あのデータ作ったの私なんですけど！
スッキリしたから帰ろ〜♬♪

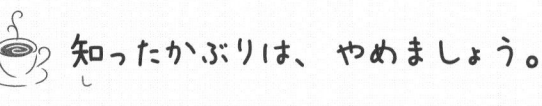 知ったかぶりは、やめましょう。

① 入社1年目
李さん、教えてほしいことがあるんですけど

② いいわよ何でも聞いて！
私も頼りにされてきてるのね。フフッ♪
ニッコリ

③ この場合なんですけど

④ えーと確かこういう時は…えっと△△
これはね…えっと△○△してね！（…たぶん）
ありがとうございます.

⑤ その後…
李さん…あの〜先ほどの件×○△でした。一応お知らせしておいたほうがいいと思いまして…
あぁ…そう♪
やっぱり間違ってたか…

21 相手の名前は重要だから。
あい　て　　　な　まえ　　　じゅう　よう

読む前に ▶ 客戶公司的人打電話來了。
聽不清楚對方聲音時，你會怎麼做？

【オフィスのことば】 **株式会社** **会社名** **担当者名**
かぶしきがいしゃ　かいしゃめい　たんとうしゃめい

考えよう！

① チャタくんが取った電話は、誰から誰への電話でしたか。
　　　　　　　　と　でんわ　　　だれ　だれ　　　でんわ

② 電話の相手の声はどのような声でしたか。
　　でんわ　あいて　こえ　　　　　　　　こえ

③ 李さんは、どうして怒っているのですか。
　　り　　　　　　　　　おこ

④ 相手の話の内容が聞き取れないとき、あなたならどうしますか。
　　あいて　はなし　ないよう　き　と
　1．今話した内容をもう一度言ってもらうように、相手にお願いする。
　　　いまはな　ないよう　　　いちど い　　　　　　　　　　　あいて　　ねが
　2．何となく適当な返事をしてその場をやりすごす。
　　　なん　　　てきとう　へんじ　　　　　　ば
　3．無言のまま電話を切る。
　　　むごん　　　　　でんわ　き
　4．電話の話し方について、相手に注意する。
　　　でんわ　はな　かた　　　　　　あいて　ちゅうい

解説 遠慮せずにもう一度言ってもらおう！

電話換人接時，會先傳達「○○さんからお電話です」（○○先生來電），是為了讓接電話的人心中有所準備。因此，先接電話的人必須正確地傳達來電者的公司及姓名。若是對方聲音太小、周圍聲音太大，或是因為對方講話的方式而聽不清楚時，可以使用「電話の声が遠いようなので」（電話有點小聲）等等不會失禮的說法，請對方再重複一次。

使ってみよう

回想漫畫的情境，並扮演下列會話中的角色，試著說說看。

お客様
❶ 株式会社Ｑの佐々木ですが、李様をお願いできますか。

お客様
❸ はい、株式会社Ｑでございます。

❷ たいへん申し訳ございません。お電話が遠いようなので、もう一度、御社の社名をおっしゃっていただけますでしょうか。

❹ 株式会社Ｑの佐々木様ですね。ありがとうございます。李におつなぎいたします。

会話を作ろう

以 Ａ、Ｂ 角色的立場，根據指示編寫對話，並試著說說看。

〔Ａは X 社の社員の渡辺、Ｂは Y 社の社員〕

Ａ：（電話で）社名と自分の名前を言って、　→
　米山さんがいるか聞いてください。

Ｂ：電話の相手の名前が聞き取れなかったの　→
　で、もう一度言ってもらうように頼んで
　ください。

Ａ：名前を言ってください。　→

Ｂ：復唱して、お礼を言ってください。　→

ビジネス 日本語 にチャレンジ！㉑

次の文の＿＿＿＿＿に入れるのにもっともよいものを、
右の１～４の中から１つ選んでください。

自分の名前を間違えられて不愉快に思わないお客様は、まず＿＿＿＿＿。

1. いるはずです
2. いるかもしれません
3. います
4. いません

（正解はP.103）

22 急いでいる人もいるからね。

読む前に ▶ 要大量影印會議用的資料。你會選什麼時間印？

【オフィスのことば】 資料　問題ない　会議　プリント　プリンター　急いで　印刷　急ぎ

考えよう！

① チャタくんは、先輩から何を頼まれましたか。

② チャタくんは、どのくらいの分量をプリントアウトしますか。

③ 李さんは、どうして怒っているのですか。

④ 何が問題ですか。
1．会議の直前にプリントアウトしなかったこと。
2．プリントアウトする量が多かったこと。
3．プリントアウトしている間、ほかの仕事をしていたこと。
4．大量にプリントアウトしても大丈夫かどうか、周りの人に声をかけて確認しなかったこと。

 印刷を始める前に周囲への声かけを忘れずに！

用印表機列印資料時，若是份數太多便需要花上一段時間。雖然會想在時間充裕時先把資料都印好，但這段期間或許有人會急著需要列印。因此列印份數較多時，必須先詢問一下周圍的人，確認好沒有急需列印的人，或是在比較少人使用印表機時再列印。

使ってみよう！ 回想漫畫的情境，並扮演下列會話中的角色，試著說說看。

❶ プリント200枚印刷しますけど、いいですか。

❷ はい、結構ですよ。

❸ ありがとうございます。

多為周圍的人考量很重要。

会話を作ろう！ 以 A、B 角色的立場，根據指示編寫對話，並試著說說看。

〔Aは社員、BはAの同僚〕

A：（オフィスで）コピー機で300枚印刷します。周りの人に声をかけて確認してください。 →

B：急ぎの書類があるので、その前にコピーさせてほしいと頼んでください。 →

A：了解して、相手に先にコピーさせてあげてください。 →

B：お礼を言ってください。 →

ビジネス 日本語 にチャレンジ！㉒

次の文の＿＿＿＿＿に入れるのにもっともよいものを、右の1～4の中から1つ選んでください。

このコピー機は営業部と開発部とで＿＿＿＿＿しています。

1. 共用
きょうよう
2. 共通
きょうつう
3. 共同
きょうどう
4. 共存
きょうそん

（正解はP.103）

---

23 聞く耳を持つことも大切。

読む前に ▶ 自己的意見和別人不同時，你會怎麼做？

考えよう！

【オフィスのことば】 企画　会議　間に合う　まとめ（る）　案　アイデア

① パナラットさんは、パソコンで何をしていますか。

② 会議で同僚の意見を聞いて、パナラットさんはどう思いましたか。

③ パナラットさんは会議で発言したとき、どんな様子でしたか。

④ 会議でほかの人と意見が違うとき、あなたならどうしますか。
  1. 先輩の意見だったら、自分の意見と違っても賛成する。
  2. 自分の意見に自信があったら、ほかの人の意見を強く否定して、自分の意見を一方的に主張し続ける。
  3. 自分の意見だけを主張しないで、ほかの人の意見もきちんと聞いて、よりよい企画にしようと考える。
  4. 自分の意見とほかの人の意見が違っていたら、くじで決めてもらう。

（解説）みんなが互いに意見を出し合ってこその会議！

在會議等場合，有時候會有機會發表自己的企劃案。但是，不管對自己的方案多有自信，也不能不聽取其他人的方案只是一味地否定。不要只拘泥於自己的意見中，也應該用心傾聽其他人的發言，集合眾人智慧做出更好的企劃，這種態度非常重要。

使ってみよう 回想漫畫的情境，並扮演下列會話中的角色，試著說說看。

1
同僚
私としては、ライバル会社に勝つために商品を値下げすべきだと思います。

2
そういう考え方もあると思いますが、まずはサービス向上にもっと力を入れることを考えてはいかがでしょうか。

冷靜下來聽取各種意見是相當重要的。

会話を作ろう 以Ａ、Ｂ角色的立場，根據指示編寫對話，並試著說說看。

〔Ａは社員、ＢはＡの同僚〕

Ａ：（会議室で）新商品の売り上げを伸ばすために、有名タレントを使った広告にすることを提案してください。 →

Ｂ：Ａの意見に相づちを打って、その考えも認めることを伝えてから、まずは商品の特長がわかりやすい広告にすることを検討したほうがよいと提案してください。 →

┌─────────────────────────────────┐
│ ［ビジネス 日本語 にチャレンジ！❷③］
│
│ 次の文の_____に入れるのにもっともよいものを、
│ 右の1～4の中から1つ選んでください。
│
│ 激しい勢いで反論する彼女の姿に、同席した社員たちはみな驚き、ただ
│ 目を_____ばかりだった。
│
│ 1. 見る
│ 2. 開く
│ 3. 見張る
│ 4. つぶる
│
│ （正解はP.104）
└─────────────────────────────────┘

「マンガ中国語訳」と「考えよう！」「会話を作ろう！」の解答例は**P.92**へ➡

24 質問するのは、恥ずかしいことじゃない。

【読む前に】▶ 工作中，聽不懂對方說的內容時，你會怎麼做？

【オフィスのことば】 頼りにされて（い）ます　外出　直帰　お先に　お疲れさま

考えよう！

① 先輩に仕事を頼まれた直後のチャタくんは、どんな様子ですか。

② 先輩の話の内容がわからなかったのに、チャタくんはどうして質問しなかったのでしょうか。

③ ほかの人が退社する時間になって、チャタくんは何を後悔していると思いますか。

④ 相手の話の中にわからないことが出てきたとき、あなたならどうしますか。
　1．恥ずかしい質問をしないように自分ひとりで考えてみて、わからなければあきらめる。
　2．相手の話が終わったあとで、覚えていることだけをまとめて質問する。
　3．話の途中でも、相手にひと言断ってから、できる限りその場で遠慮しないで質問する。
　4．話が終わったあとで、自分も相手も忙しくないときに、メールで質問する。

解説　聞かないですませてしまうと、あとで困る！

剛進公司時，雖然會有新人教育訓練，然而一旦真正開始工作後，會發現還是有很多不懂的事。請教不懂的事物，絕非可恥之事，反而是在不懂的情況下還繼續進行工作，才會造成問題。如果有不懂的事情時不用顧慮太多，積極地詢問上司或前輩，請他們給予指導。

使ってみよう！ 回想漫畫的情境，並扮演下列會話中的角色，試著說說看。

① あの、すみません。ちょっとよろしいでしょうか。

② 何かな。　先輩社員

③ 今おっしゃいました「あいみつをとる」というのは、「複数の会社から見積りを出してもらう」ということでしょうか。

④ うん、そうだよ。できる限りコストを下げたいからね。　先輩社員

⑤ わかりました。ありがとうございます。

会話を作ろう！ 以 A、B 角色的立場，根據指示編寫對話，並試著說說看。

〔 Aは部下、Bは課長〕

A：（オフィスで）質問するために話を止めてください。　→

B：返事をしてください。　→

A：今、Bが話したX社への販売価格について、「値引きには応じられない」というのは「値引きしない」ということか聞いてください。　→

B：そうだと答えてください。　→

A：理解したことを伝え、お礼を言ってください。　→

ビジネス日本語にチャレンジ！㉔

次の文の＿＿＿＿に入れるのにもっともよいものを、右の1～4の中から1つ選んでください。

それでも何とかなると思っていたのなら、やはりこの仕事に対する君の見通しが＿＿＿＿ということだ。

1. 暗かった
2. 甘かった
3. 遅かった
4. 緩かった

（正解はP.104）

「マンガ中国語訳」と「考えよう！」「会話を作ろう！」の解答例はP.93へ➡

25 いくら後輩だからって……。

読む前に ▶對前輩和後輩說話時，你會如何用字遣詞？

【オフィスのことば】 ミーティング 先輩 プラン 有効 後輩 情報

考えよう！

① チャタくんのあいさつに対して、李さんはどのようにあいさつを返しましたか。

② あいさつのあと、李さんはチャタくんに何を注意しましたか。

③ ミーティングのとき、先輩とチャタくんに対する李さんの言葉づかいや態度は、どのように違いましたか。

④ 李さんの態度や行動は、何が問題ですか。
1．李さんがチャタくんの机の上をチェックしていたこと。
2．李さんが朝一番に、チャタくんが昨日帰る前に机の上を片づけなかったことを、注意したこと。
3．ミーティングのとき、李さんが先輩に対して丁寧な言葉で話したこと。
4．ミーティングのとき、李さんが後輩のチャタくんに対しては乱暴な話し方をしたこと。

解説 社内では社内にふさわしい話し方がある！

日本有句諺語為「親しき仲にも礼儀あり」（再親密也得顧及禮節）。跟同年代的同事或後輩談話時，雖然可以不使用敬語，但在公司並不適合使用太過親暱或是粗魯的講話方式。對於上司或前輩等等輩分較高的人，即使對方個性再平易近人或是跟對方關係再怎麼親密，也都必須使用敬語。

注意自己的措辭！

使ってみよう 回想漫畫的情境，並扮演下列會話中的角色，試著說說看。

① ……ということでいかがでしょう。

③ はい、何でしょうか。

② チャタくん、すみません。
ちょっとよろしいでしょうか。

④ その情報は、どちらで
調べましたか。

会話を作ろう 以 A、B 角色的立場，根據指示編寫對話，並試著說說看。

〔 Aは後輩社員の鈴木、Bは先輩社員〕

A：（会議室で）新商品の今月の売り上げが、先月より 10 パーセント上がったことを報告してください。 →

B：話を止めて、Aに聞きたいことがあると言ってください。 →

A：返事をしてください。 →

B：Aに、その商品の発売後 1 か月の売り上げがどうだったかを聞いてください。 →

ビジネス 日本語 にチャレンジ！㉕

次の文の_____に入れるのにもっともよいものを、右の1～4の中から1つ選んでください。

彼女が朝からピリピリしていて取り付く_____もないのは、ややこしいクレームのあった取引先との面会を午後に控えているからだ。

1. 腕（うで）
2. 枝（えだ）
3. 島（しま）
4. 壁（かべ）

（正解はP.104）

「マンガ中国語訳」と「考えよう！」「会話を作ろう！」の解答例は**P.93**へ➡ 61

26 「できません」と言うその前に。

読む前に ▶ 忙於自己的工作時，若是上司或前輩來委託工作，
你會怎麼做？

【オフィスのことば】 無理　課長　先ほど　失礼しました　お急ぎ　～の件

考えよう！

① 上司が李さんに声をかけたとき、李さんはどのように返事をしましたか。

② 李さんがチャタくんに声をかけたとき、チャタくんはどのように返事をしましたか。

③ 李さんはチャタくんの返事を聞いたあとで、何を思い出しましたか。

④ 李さんは、上司に何を謝ろうとしているのですか。
　1．チャタくんに用事を頼もうとしたこと。
　2．上司のことを少しも考えずに、用件も聞かないで上司の頼みを断ったこと。
　3．自分の仕事に集中していたこと。
　4．上司のところへ行って、もう一度用件を聞いたこと。

まずは相手の用件を聞く心のゆとりが大事！

當忙於工作時，或許會被上司和同事委託其他工作。這時候，往往因為忙碌而脫口說出「我沒辦法做」。但是對方委託的工作，也許比自己手邊正投入的工作還緊急重要，因此必須先詢問清楚委託的工作內容。如果無法立即接受委託，可以先告訴對方自己手邊的工作狀況，以及能接受委託的時間。

> 保持心胸開闊！

使ってみよう！

回想漫畫的情境，並扮演下列會話中的角色，試著說說看。

① 李さん、ちょっとお願いしたいことがあるんだけど。

② はい、何でしょうか。

③ 来週の火曜日の会議の資料を、今週中に作ってほしいんだけど。

④ はい、今週中でよろしければ、大丈夫です。

会話を作ろう

以Ａ、Ｂ角色的立場，根據指示編寫對話，並試著說說看。

〔Ａは上司、Ｂは部下の加藤〕

Ａ：（オフィスで）Ｂに、頼みたいことがあると声をかけてください。 →

Ｂ：返事をして用件を聞いてください。 →

Ａ：新商品のパンフレットの翻訳を頼んでください。 →

Ｂ：いつまでに必要か聞いてください。 →

Ａ：今月末までにできていればいいと答えてください。 →

Ｂ：期限を確認し、依頼を受けてください。 →

ビジネス日本語にチャレンジ！㉖

次の文の＿＿＿＿＿に入れるのにもっともよいものを、右の１～４の中から１つ選んでください。

先輩があまりに忙しそうで、相談したいことがあるのに、声をかける＿＿＿＿＿もないほどだ。

1. 谷間
2. 手間
3. 間
4. すき間

（正解はP.104）

「マンガ中国語訳」と「考えよう！」「会話を作ろう！」の解答例は**P.94**へ➡

27 準備は怠りなく。
じゅん び おこた

読む前に ▶受委託查詢事情，查詢時你會注意些什麼？

今週は佐藤部長と初出張です！緊張するけどワクワクしますね！

パナラットさん、セミナー会場の場所、初めて行くから調べておいてね。

セミナー会場は2ヵ所だから…… ……プリントアウトして…

ハイ！

ハイ。こちらが会場までの地図です！

で！何時の電車に乗れば間に合うの？最寄り駅からの時間も調べているよね？

え…

そこまで調べてない〜

【オフィスのことば】 部長 初〜 出張 緊張 セミナー 会場
プリントアウト 間に合う 最寄り駅

考えよう！

① パナラットさんは、部長に何を頼まれましたか。

② 部長は、どうしてパナラットさんに場所を調べるように言ったのですか。

③ パナラットさんは、地図を部長に渡したあと、どうしてあわてているのですか。

④ あなたなら、どうしますか。
 1. 会場の場所を調べるだけでなく、ほかに調べることがないか考え、上司にも確認する。
 2. 会場の場所を地図で調べ、その地図を上司にメールで送る。
 3. 調べるには時間がかかるので、上司にも調べてもらう。
 4. 会場の場所を調べて、自分の頭の中に記憶しておく。

⬤解説 依頼された事柄の意味や背景を考える！

受到上司或同事的委託，不應該只完成委託事項。要視情況，先確認和準備好跟案子相關的事物。必須徹底理解委託內容，預先設想可能發生的情況，然後進行準備和行動。

要預先設想可能會發生的情況。

使ってみよう！ 回想漫畫的情境，並扮演下列會話中的角色，試著說說看。

1 パナラットさん、セミナー会場の場所を調べておいてね。

2 はい。会場の場所のほかに、何か調べることはございますか。

3 それじゃあ、電車の時間と最寄り駅からの時間も調べておいてください。

4 はい、承知しました。

会話を作ろう！ 以 A、B 角色的立場，根據指示編寫對話，並試著說說看。

〔 Aは上司、Bは部下の山本〕

A：（オフィスで）Bに、先月の売り上げについて調べておくように頼んでください。 →

B：返事をしてください。そのほかに調べることがないか聞いてください。 →

A：去年の売り上げについても調べるように頼んでください。 →

B：承知したと返事をしてください。 →

ビジネス 日本語 にチャレンジ！㉗

次の文の＿＿＿＿＿に入れるのにもっともよいものを、右の1～4の中から1つ選んでください。

周囲のために、そこまで周到に準備を進めていたとは、新人なのによく＿＿＿＿＿が利くね。

1. 機転
2. 気
3. 目
4. 鼻

（正解はP.104）

「マンガ中国語訳」と「考えよう！」「会話を作ろう！」の解答例は**P.95**へ ⮕

28 何はともあれ、相談だ！

読む前に ▶ 稍微習慣工作後，受委託製作資料。
製作時，你會注意些什麼呢？

【オフィスのことば】　お客さん　打ち合わせ　うまくいった　書類　まずい　まとめた

考えよう！

① ふたりの先輩は、何を心配していますか。

② 先輩が「間違ってるよ」と言ったのは、何についてですか。

③ 上司はどうして怒っているのですか。

④ あなたなら、どうしますか。
1. 書類を作る前に、上司や先輩にもう一度はじめから、作り方を全部教えてもらう。
2. 書類を作る前や途中で、疑問に思うことは上司や先輩に相談し、作ったあとにも見てもらう。
3. 書類作りは慣れている仕事なので、疑問に思うことがあっても最後までひとりで考えて作る。
4. 疑問に思うことが出てきたら、そのあとの作業は、ほかの人にお願いする。

解説　ひとりでできる仕事には限界がある！

漸漸習慣工作後，可能會獨自負責與客戶商談或文件製作。但是也許會有許多無法獨自解決的狀況或是沒注意到的錯誤發生。不要過於自信地想著「我自己可以做好」，只要有些許疑問，就應該儘早與上司或前輩討論。另外，做好的資料，務必請上司或前輩再幫忙確認一次。

使ってみよう！　回想漫畫的情境，並扮演下列會話中的角色，試著說說看。

1 先輩、ちょっとよろしいですか。

2 何かな？　　先輩社員

3 課長から書類を作るように言われたんですが、書き方がわからないところがあるので教えていただけますか。

4 うん、いいよ。どこ？　　先輩社員

会話を作ろう！　以 A、B 角色的立場，根據指示編寫對話，並試著說說看。

〔Aは部下、Bは係長〕

A：（オフィスで）Bに声をかけてください。　→

B：返事をしてください。　→

A：課長から指示されて、データを計算して報告書を作りました。課長に報告書を提出する前に、自分の計算が正しいかどうか、Bに見てほしいと頼んでください。　→

B：了解して、報告書を見てください。　→

ビジネス日本語にチャレンジ！ 28

次の文の＿＿＿＿に入れるのにもっともよいものを、右の1〜4の中から1つ選んでください。

本文中の誤字につきましては、以下のとおり訂正のうえ、＿＿＿＿。

1. ご容赦願います
2. 失礼いたします
3. 遺憾に思います
4. おわびいたします

（正解はP.104）

「マンガ中国語訳」と「考えよう！」「会話を作ろう！」の解答例はP.95へ➡　67

29 「ここは日本だよね？」と思うかもしれないけど……。

読む前に ▶ 日語會話中，會出現許多片假名的外來語。
你知道哪些片假名？

【オフィスのことば】 部内 定例 会議 案件 コンセンサス 図って 議論 白熱 アウトソーシング
コンソーシアム スケールメリット 生かして 先日 資料 ご覧ください

考えよう！

① 会議で出てきたカタカナの言葉には、どのようなものがありますか。

② カタカナの言葉がたくさん使われる議論を聞いたチャタくんは、どんな様子でしたか。

③ チャタくんは、会議の場で何をしていますか。

④ 会議終了後、チャタくんはどうして疲れているのですか。
1．会議で議論が白熱したから。
2．パソコンを開いて、資料を確認しなければならなかったから。
3．会議で出てきたカタカナの言葉について調べられなかったから。
4．自分の知らないカタカナの言葉が会議でたくさん使われて、議論を理解できなかったから。

（解説）日ごろから言葉を調べる習慣を身につける！

在日本商務世界中，會出現許多由英語或外國語言組成的片假名詞彙。這些單字，很多都是因為過去難以使用舊有的日語翻譯，而維持片假名以受到廣泛理解。遇到不認識的單字儘早查清其意思，為了在會議等場合出現片假名時不會困擾而努力吧！

使ってみよう！

回想漫畫的情境，並扮演下列會話中的角色，試著說說看。

1 すみません。「コンセンサス」とはどのような意味でしょうか。

要確實查好不知道的詞彙！

2 それは「複数の人の意見の一致」という意味ですよ。

先輩社員

3 ありがとうございます。

会話を作ろう！

以 A、B 角色的立場，根據指示編寫對話，並試著說說看。

〔 Aは後輩社員、Bは先輩社員〕

A：（オフィスで）「アウトソーシング」の意味をBに聞いてください。　→

B：その意味をAに教えてください。　→

A：お礼を言ってください。　→
　　※ほかのカタカナの言葉の意味も、同じように聞いてみましょう。
　　（例）「コンソーシアム」「スケールメリット」

［ビジネス］日本語にチャレンジ！㉙

次の文の＿＿＿＿＿に入れるのにもっともよいものを、右の1〜4の中から1つ選んでください。

製品は、使用目的によって3つの＿＿＿＿＿に分類し、倉庫の棚に収納しています。

1. カテゴリー
2. ポイント
3. ディテール
4. サークル

（正解はP.105）

「マンガ中国語訳」と「考えよう！」「会話を作ろう！」の解答例はP.96へ➡

30 おいてきぼりは、いけません

読む前に ▶ 你正與相同國家的人用自己國家的語言交談。
但是同行的日本人無法理解對話內容。你會怎麼做？

【オフィスのことば】 出張　資料　よろしくお願いいたします　商談
うまくいきそう　協力　うまくいきます

考えよう！

① 李さんは出張で、誰とどこへ行きましたか。

② 出張先での李さんの役割は何ですか。

③ 一緒にいる上司は、どうして黙っているのですか。

④ 上司があなたの国の言葉を話せないとき、あなたならどうしますか。
　1. 出張前に、同行する上司にあなたの国の言葉を教える。
　2. 取引先の会社の人より、上司を優先して、できるだけ日本語で話をする。
　3. あなたの国の言葉がわからない上司に話の内容を通訳しながら、全員で一緒に話が進められるようにする。
　4. 同じテーブルにいる人全員が話しやすいように、飲み物とお菓子を用意する。

 **解説** # 自分の役割を自覚して務めをまっとうすることが最優先！
じぶん　やく わり　じ かく　　つと　　　　　　　　　　　　さい ゆう せん

日本社會也正逐漸邁向全球化，今後將有越來愈多與外國公司的貿易。也許有機會
活用自己國家的語言或是擅長的外語，擔任面談或交涉談判的口譯。口譯時忘記自
己的職責，拋下無法理解外國語言的上司或同事，自己講得很投入的行為是大忌。
必須認知到上司和同事才是交涉談判的負責人，要讓交涉談判有其價值，首先就是
完美地做好自己口譯的工作。

使ってみよう！ 　回想漫書的情境，並扮演下列會話中的角色，試著說說看。

1 部長、この商談うまくいきそうですね。
　ぶ ちょう　　しょうだん

2 うん。「我々の協力はきっと
　うまくいきますね」と通訳
　して伝えてください。
　われ われ　きょうりょく　　　　　　つう やく
　　　　　　　　　　　　　つた

3 「我々の協力はきっとうまくいきますね」
　われ われ　きょうりょく
（※あなたの国の言葉で言ってください）
　　　　　くに　ことば　い

4 「私もそう思います」
　わたし　　　おも
（※あなたの国の言葉で言ってください）
　　　　　くに　こと ば　い

外国の
お客様

5 あちらも「私もそう思います」と
　　　　　わたし　おも
おっしゃっています。

6 そうですか、それはよかった。

会話を作ろう！ 　以Ａ、Ｂ、Ｃ角色的立場，根據指示編寫對話，並試著說說看。

〔Ａは部下（Ｘ国人、通訳担当）、Ｂは部長（日本人）、ＣはＸ国の会社の社長〕
　　　　ぶ か　こくじん　つうやくたんとう　　　ぶ ちょう　にほんじん　　　こく　かいしゃ　しゃちょう

Ａ：（応接室で）契約が決まってよかったと、Ｂに話しかけてください。　→
　　おうせつしつ　けいやく　き　　　　　　　　　　　　はな

Ｂ：相づちを打って、「契約が決まってうれしい。これからもよろしくお願いしたい」という内
　　あい　　う　　　けいやく　き　　　　　　　　　　　　　　　　　　ねが　　　　　　　　ない
　容を通訳してＣに伝えるように、Ａに言ってください。　→
　よう　つうやく　　　つた　　　　　　　　　　い

Ａ：Ｂの言ったことを、あなたの国の言葉に訳して、Ｃに伝えてください。　→
　　　い　　　　　　　　くに　ことば　やく　　　　つた

Ｃ：「私もとてもうれしい。こちらこそよろしくお願いします」と、あなたの国の言葉で、Ａと
　　わたし　　　　　　　　　　　　　　　　ねが　　　　　　　　　　　　くに　こと ば
　Ｂに言ってください。　→
　　　い

Ａ：Ｃの言ったことを、日本語に訳して、Ｂに伝えてください。　→
　　　い　　　　　　にほん ご　やく　　　つた

Ｂ：相づちを打って、「よかった」と言って、Ｃと握手してください。　→
　　あい　　う　　　　　　　　　　い　　　　　　あくしゅ

ビジネス 日本語 にチャレンジ！ 30

次の文の＿＿＿＿に入れるのにもっともよいものを、
つぎ　ぶん　　　　　　　い
右の１～４の中から１つ選んでください。
みぎ　　　　なか　　　えら

同席した課長に一度も発言の機会を与えなかったとは、＿＿＿＿失礼で
どうせき　か ちょう　いち ど　はつげん　き かい　あた　　　　　　　　しつれい
はありませんか。

1. 大して
　たい
2. ぜんぜん
3. さすがに
4. ほとんど

（正解はP.105）

「マンガ中国語訳」と「考えよう！」「会話を作ろう！」の解答例はP.97へ ➡

コーヒーブレーク ③ 成長編（せい ちょう へん）

やがて、いつの間（ま）にか……。
―成長の証―（せい ちょう あかし）

新進職員在上司及前輩熱心地關注下，歷經不斷失敗及不懈的努力，不知不覺開始受到旁人的信賴，變得能夠獨當一面。這時期也能開始體會到工作的樂趣及成就感。其實嚴厲的前輩及上司也都引頸期盼著這天的到來。

お、見事（み ごと）な対応（たい おう）！……やるね！

先輩のアドバイス

剛開始或許會覺得電話應答非常困難。因為必須依據對象和狀況，選擇適當的措辭及應對。但是隨著觀摩學習前輩的做法，自己多次實行後，一定能夠熟練。透過電話應答，可以獲得通話對象和旁人的信賴，其他的工作也會跟著變得容易，工作會越來越有樂趣。

① 以前は― あぁ…電話応対 うまくできませんでした。敬語難しいね。 あちょっと待ってください。 大丈夫？ これじゃダメね

② そこで― …でございますね。はい、かしこまりました。少々お待ちください。 先輩の対応を見習わなくちゃ！ メモしておこう

③ 現在は― はい。○○株式会社でございます。 ポポポポーン サッ

④ パウナラットと申しますがお名前をお伺いできますでしょうか？ パウナラットさん 成長したわね

気配り上手はアポ上手!
(き くば じょうず)(じょうず)

① ……ということで先方にアポイント 取ってほしいんだけど、よろしく頼むね!

② はい、では私がメールを送ります!!

大丈夫かしら…♪

③ まずは…訪問の目的をはっきり書いて…

希望日は2、3候補をあげて……

CCに部長と李さんも入れて……送信!

④ ○○株式会社 田中○○
いつもお世話になっております。
新商品ご案内のため、アポイントのご相談で
ご連絡いたしました。
面談希望日
① ○月○日 (水) 10:00～12:00
② ○月△日 (木) 終日
③ ○月□日 (月) 14:00～17:00
○のいずれかで1時間ほどいただけ…
×存じますが何卒よろしく…

おっ、お見事!!

先輩のアドバイス

與貿易往來客戶約定拜訪會面時間時，要向對方明確傳達拜訪目的、需要時間及拜訪人數。並列出數個希望拜訪的日期，詢問對方方便的時間。可先提出幾個自己方便的候補日期，再請對方從中指定日期時間。多為拜訪對象著想再約時間，之後的工作也會進行得比較順利。

状況を読む力を磨きましょう!
(じょうきょう)(よ)(ちから)(みが)

① ある日のこと―

12月の販売実績をまとめてもらいたいんだけど…う～ん4日間で作ってもらえるかな?

はい

本当は2日後の部内会議で報告したいんだけど…急な依頼だからなぁ…

② 先輩、2日後の部内会議で報告したいんじゃないかな…

でも全部まとめるには時間ないし…

③ 翌日夕方―

明日の部内会議で数字だけでも報告できるように簡易版をまとめたのでチェックをお願いします。

④ 体裁を整えて詳細な分析を入れたものは締め切り通りにお渡しします。

感激!!

パオラットさん!ありがとう～!!すごく助かるよ

先輩のアドバイス

工作上很重要的能力之一，就是注意到每個工作現況的需求，以及相關人員有什麼難處，也就是解讀周遭狀況的能力。雖然確實地完成受委託的工作比一切重要，但自己也要根據情況，思考工作內容和進行的方式來行動，會讓工作更完善。然而，為了避免工作變成自作聰明的狀況，必要時找人確認或討論是相當重要的。

「解答例」編
（かいとうれい）

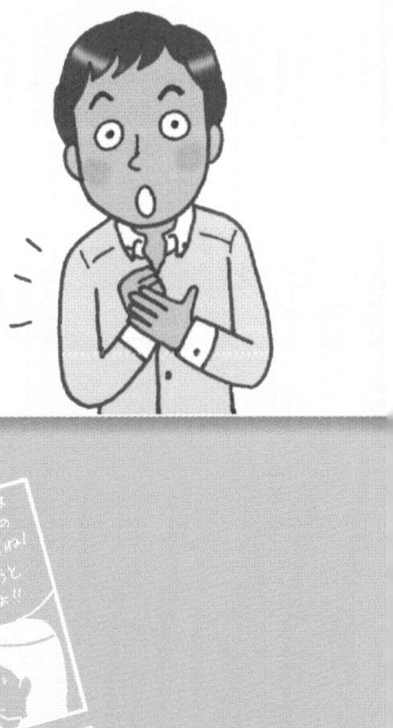

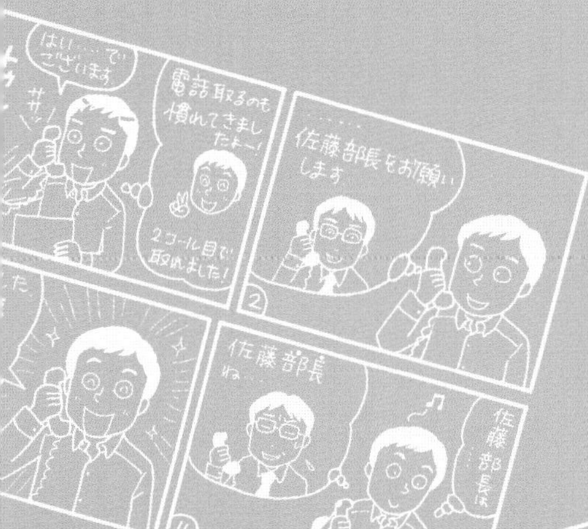

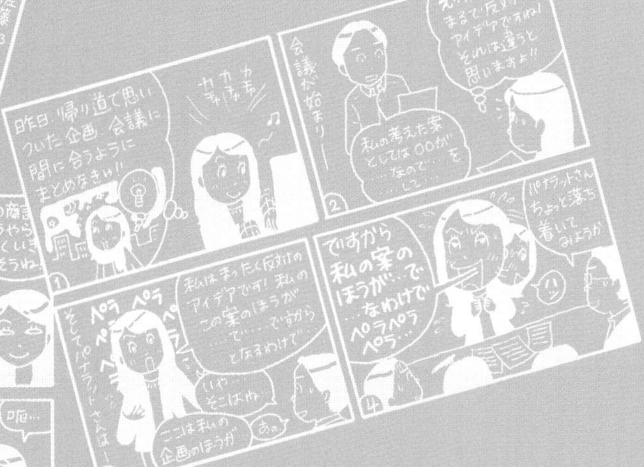

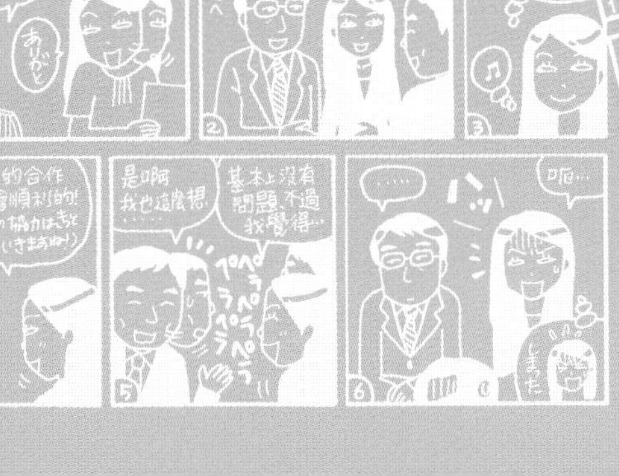

01 そこまで正直でなくても……。

① （某天的下午——）
　恰特彭：您好！這裡是○○股份有限公司！
　　客戶：請問田中先生在嗎？
② 恰特彭：（啊，前輩去吃午餐了。）
③ 恰特彭：不好意思，田中現在外出吃午餐了。
　恰特彭：好的，我會幫您轉達。
④ 　　李：恰特，其實你不用跟對方說這麼多……
　恰特彭：咦？

考えよう

① 先輩社員の田中さん。
② お昼ご飯を食べに会社の外へ出ています。
③ 田中さんが現在ランチの最中だという、お客様に関係のないことまで、ということ。
④ 3（☞P.9「解説」参照）

会話を作ろう

A：営業部の鈴木様はいらっしゃいますでしょうか。
B：申し訳ございません。鈴木はただ今席を外しております。戻りましたら、こちらからお電話を差し上げるように伝えましょうか。
A：ありがとうございます。よろしくお願いいたします。

02 ほうれんそうの前に確認を！

マンガ中国語訳

① （朝會後）
　川村課長：那這禮拜也麻煩你好好的「報連商」喔！
　　恰特彭：好的！
② 恰特彭：（所謂的報連商，不是指菠菜。這我可是知道的。是報告、聯絡、商量的意思！）
③ 恰特彭：那事不宜遲，關於先前的案子……
　佐藤部長：嗯？那個可以先彙整一下再報告喔。
④ 恰特彭：不好意思，關於這個案子……
　　同事：啊，那個要跟李小姐報告喔！
⑤ 恰特彭：李小姐，關於這個的……
　　　李：我現在很忙，你寫備忘給我。
⑥ 恰特彭：真是的～～我到底該跟誰報連商比較好啊～～～
　　　　（我想要報連商啊～）

考えよう

① 今週もほうれんそうをしっかりするようにと言われました。
② 報告・連絡・相談のこと。
③ 先日の件を部署の人にすぐに報告しようとしたけれど、みんな忙しくて聞いてもらえなかったから。
④ 2（☞P.11「解説」参照）

会話を作ろう

A：課長、今、お時間をいただいてもよろしいでしょうか。
B：はい。何ですか。
A：今日のＸ物産様の件で、ご報告してもよろしいですか。
B：ああ、その件ね。これから会議なので、会議が終わったら聞くよ。
A：はい。それでは課長が会議からお戻りになられたら、ご報告させていただきます。

03 待つ身になってみないとね……。

マンガ中国語訳

② 恰特彭：您好！這裡是○○○公司！
恰特彭：（鈴聲響３秒內就接起來了♪）
③ 恰特彭：我幫您確認一下，請稍候。
④ 恰特彭：前輩，關於○△公司的案子……
恰特彭：是這個嗎？
恰特彭：這是要這樣做嗎？
恰特彭：那會變成這樣嗎？
同事：那個會變成這樣，所以這樣做……
同事：這樣做吧。
同事：（啊，但是……）
⑤ 客戶：你到底要讓我等多久啊！！
恰特彭：真的非常抱歉！！
同事：你通話還保留著！？
同事：（咦！？）

考えよう

① ３コール以内で素早く電話に出ることができたから。
② 少々お待ちくださいと言って、電話を保留にしました。
③ 確認のために、先輩に長々と相談しました。
④ ４（☞**P.13**「解説」参照）

会話を作ろう

A：修理をお願いしたパソコンですが、いつ戻ってくるか、教えていただけないでしょうか。
B：はい。担当者に確認いたしますので、少々お待ちください。
A：わかりました。お願いいたします。
B：たいへんお待たせいたしました。申し訳ございません、確認にもう少しお時間をいただきたいと存じますので、確認でき次第、こちらからお電話してよろしいでしょうか。

書き出しが肝心なのです。

① 恰特彭：△△股份有限公司　負責人
② 恰特彭：開頭……寫給沒見過面的人，應該寫「初次見面」嗎？還是現在是早上，所以該寫「早安」？或是應該……
③ 恰特彭：啊！！對了！英文電子郵件開頭是寫「Hi」，所以應該是「您好」！！
④ 恰特彭：寄給△△公司的信件，我也發了一份給前輩喔！
　　同事：喔，你才剛講完我就收到信了……
　　同事：（喔，謝啦！）
⑤ 　同事：……恰特～～這樣不行啦～
　　同事：不能寫「您好」……
　　恰特彭：寫、寫錯了嗎？

考えよう

① 取引先の会社の担当者。
② まだ一度も直接に会ったことのない関係。
③ メールの書き出しが「こんにちは」で始まり、ビジネスメールになっていないから。
④ 3（☞P.15「解説」参照）

メールを書いてみよう

株式会社Ｘ商事　加藤様
いつもお世話になっております。
このたびは、弊社の商品をご注文いただき、誠にありがとうございます。
　　　　　　　　　⋮
今後とも、どうぞよろしくお願い申し上げます。
（例）△△株式会社　営業部　○○
　　　会社住所　電話番号　メールアドレス　……

何を聞きたいかを、最初にね。

① 恰特彭：嗯？
　　恰特彭：(奇怪？咦？這個應該怎麼做啊？)
② 恰特彭：不好意思～我想詢問一下……請問…是…關於…是…所以說…是…這樣做……
　　田中：嗯？
③ 恰特彭：因為…是…所以…是…這樣吧。…是…然後…因為會變成這樣，所以…是…這樣嗎？那個和…的情況……
　　田中：暫停一下！
④ 田中：我說啊，我也正在工作耶。拜託你有話要說就說重點！
　　恰特彭：啊……真的很抱歉。

① 仕事でわからないことを先輩に相談したかったから。
② 忙しそうにパソコンのキーボードを打っていました。
③ チャタくんの話が長くてよくわからないので、言いたいことをもっと簡潔に言ってほしいと思ったから。
④ 2（☞P.17「解説」参照）

会話を作ろう

A：佐藤さん、お忙しいところ申し訳ありません。ご相談があるんですが……。
B：何かな？
A：会議の資料ができたんですが、このまま人数分コピーしてもよろしいでしょうか。
B：いや、その前に課長に見せたほうがいいだろう。
A：わかりました。課長に見ていただいてから、コピーします。ありがとうございました。

06 その呼び方、ちょっと待った！

マンガ中国語訳

① 恰特彭：您好，這裡是……。
　 恰特彭：（慢慢習慣接電話了〜！響2聲內就接起來了！）
② 　客戶：……我想找佐藤部長。
③ 恰特彭：我明白了，您要找佐藤部長對吧。請稍候。
④ 　客戶：佐藤「部長」嗎……
　 恰特彭：（佐藤部長的分機是……）

考えよう

① チャタくんの上司である佐藤部長。
② 取引先の会社の人が話したい相手が佐藤部長であることを、敬称をつけたまま確認し、その人に少し待ってもらうように言いました。
③ 2（☞P.19「解説」参照）

会話を作ろう

A：はい、X社でございます。
B：私、Y社の鈴木と申しますが、小林部長がいらっしゃいましたら、お願いできますでしょうか。
A：かしこまりました。部長の小林ですね。少々お待ちください。

電話はメモする習慣をつけて！

マンガ中国語訳

① 恰特彭：您好，這裡是……。
　恰特彭：佐藤不巧正好外出中……
　恰特彭：好的，我知道了。我會請他回來後回電給您。
② 恰特彭：（是○Ｘ社的△○先生……）
　　　李：恰特，可以打擾你一下嗎？
　恰特彭：好的。
③ （隔天——）
　佐藤部長：△○先生……咦？那真是失禮了，真的是非常抱歉。
　恰特彭：（！？）
④ 佐藤部長：恰特，你如果沒有好好傳話，會讓人很困擾！
　恰特彭：真的非常抱歉！
　恰特彭：（我忘記了～～）

考えよう

① 外出中で、社内にいませんでした。
② 佐藤部長が会社に戻ったら、折り返し電話をかけてほしい。
③ 電話の直後に先輩に話しかけられて、伝言するのを忘れてしまったから。
④ ３（☞P.21「解説」参照）

会話を作ろう

Ａ：課長、山田部長からお電話がありました。席に戻り次第、部長の部屋に来てほしいとのことです。
Ｂ：ありがとう。わかりました。

08

４時と14時は大違い。

マンガ中国語訳

① （客戶來電）
　　客戶：我想前去拜訪一下……
　恰特彭：好的，等候您的光臨。
② 　客戶：那我○月△日14點前往拜訪。
　恰特彭：(○月△日４點嗎?這一天沒問題，所以……)
　恰特彭：好的，我知道了。等候您前來。
③ （○月△日當天——）
　　田中：恰特，你下午可以跟我外出２小時嗎？
　恰特彭：下午４點會有客人來訪，在那之前回來就沒問題！
④ （到了14點——）
　　客戶：我跟恰特彭先生約好14點見面……
　　　李：真的非常抱歉，您可以稍候一下嗎？
　　　李：（恰特～！！你到底去做什麼了～）

考えよう

① 取引先の会社の人からの電話。その人が来社する日程の件。
② ○月△日の14時。
③ ○月△日の（午後）4時。
④ 3（☞P.23「解説」参照）

会話を作ろう

A：ご都合のよろしいときに一度おうかがいしたいのですが。
B：承知しました。それでは8日の13時はいかがでしょうか。
A：4日の3時でございますね。
B：いいえ、8日の13時です。
A：失礼いたしました。8日（ようか）の13時、つまり8日（はちにち）の午後1時に、御社におうかがいいたします。よろしくお願いいたします。
B：お待ちしております。

09 だから、順番は大切なんですって！

マンガ中国語訳

① （第一次介紹部長給客戶……）
　恰特彰：一直受到這裡的人照顧。
　佐藤部長：嗯！
　恰特彰：（我該怎麼介紹才好，好緊張。）
② 女職員：不好意思請稍候一下。我先失陪了。
　恰特彰：（嗯……名字是……）
　恰特彰：（至今的工作有……）
③ （於是——）
　恰特彰：這位是○○先生，而這位是△△先生。ＸＸＸ的案子一直受到……（講個不停）
　恰特彰：總是受到你們照顧。
④ 佐藤部長：我是佐藤。恰特彰總是受到你們照顧了。
　佐藤部長：（恰特～真讓人傷腦筋～）
　恰特彰：（我做的不錯吧！？）

考えよう

① 上司と取引先の会社の人をそれぞれ、どのように紹介したらいいか悩んでいるから。
② 最初に取引先の会社の人を、上司に紹介しました。
③ チャタくんが、最初に取引先の会社の人を自分に紹介したから。
④ 1（☞P.25「解説」参照）

会話を作ろう

A：佐藤様、こちらがこのたび新しく配属になりました新入社員の山田です。
B：はじめまして。私、Ｘ社の山田と申します。よろしくお願いいたします。
C：Ｙ社の佐藤と申します。こちらこそ、よろしくお願いいたします。

10 有給休暇！ 心奪われる響きだけれど。

マンガ中国語訳

① （10月，進口事業部忙得不可開交！！）
　　恰特彭：（唉，今天又要加班，好累啊……）
　　　前輩：過了這個繁忙期間，真想去泡趙溫泉啊~
　　　田中：（不錯呢）
　　恰特彭：（不錯耶～）
② 恰特彭：（這麼說來我收到特休假的通知了！）
　　恰特彭：（沒錯！是特休假！真想趕快休假～！！）
　　電腦信件：關於請特休假的方法
③ 佐藤部長：好，今天就先做到這邊！明天再繼續加油！
④ 恰特彭：部長，我這禮拜五想休特休！！
　　佐藤部長：我說啊，恰特……
　　　田中：（咦……）

考えよう

① 10月の輸入事業部は大忙しで、社員は毎日残業しています。
② 今週の金曜日に有給休暇を取りたいとお願いしました。
③ 忙しいときに突然、有給休暇を取りたいと言われてあきれている様子。
④ 4 （☞ P.27「解説」参照）

会話を作ろう

A：あの、実は来月、私の国で姉の結婚式がありまして……。忙しいときに申し訳ございませんが、で
　　きましたら有給休暇を取らせていただきたいんですが、よろしいでしょうか。
B：お姉さんの結婚式ですか。それは、おめでとう。いいですよ。
A：はい、申し訳ございません。ありがとうございます。

コーヒーブレーク① 日本語は難しい!? ―ことばの大切さ―

マンガ中国語訳

① 恰特彭：您好，這裡是○○股份有限公司！
② 　客戶：我是……的……
　　恰特彭：不好意思，聲音有點小聲……
　　恰特彭：（這點程度我也能應付～）
③ 恰特彭：△○山商事的……笠？……堅？……先生？
　　恰特彭：（名字聽不清楚～好像是沒聽過的名字。）
　　恰特彭：（不認識～）
④ 恰特彭：不好意思，您是哪位阿？
　　　客戶：（哪位！？）

マンガ中国語訳

① 帕娜菈朵：（馬上就要開部門會議了！第一次擔任發表人員～）
　帕娜菈朵：（資料OK！）
② （當天──）
　帕娜菈朵：（準備萬全！得好好加油。）
　帕娜菈朵：（好，去會議室吧！）
③ （開始發表──）
　帕娜菈朵：……新產品將以往高佣用性（通用性）的做法，繼續沿用（沿用）在新產品上。開發的准度（進度）是……
④ 帕娜菈朵：……彙整了資料，因此只好刮愛（割愛）……

マンガ中国語訳

① （會議結束後……）
　職員：田中先生，那件案子進行得如何？
　田中：現在停滯中。
　恰特彭：（我也把公司內常用的片假名背起來了～）
② 田中：啊，對了，恰特，我下週必須出差，可以幫我通知下週預計來訪的客戶要重排程（重新安排行程）嗎？
　恰特彭：好的，我知道了。
③ 恰特彭：（趁忘記前趕快來聯絡～！）
④ 恰特彭：關於下週的案子，非常抱歉，請問您方便重排程嗎？
　客戶：重排程？

11 あれ？　みんな、まだ帰らないの？

マンガ中国語訳

① 帕娜菈朵：（今天的工作完成了！好，回家吧～）
② 同事：是的，關於那件事……
　田中：我回來了～啊，部長可以借用一下時間嗎？
　帕娜菈朵：（嗯？）
③ 帕娜菈朵：（大家好像還很忙……只有我先回去很不好意思～）
④ （30分鐘後）
　帕娜菈朵：（我已經沒事情做了～但也不能就這樣回家……該怎麼辦才好～）

考えよう

① 就業時間が終わったあと。
② 今日の自分の仕事は全部終わっている状態。
③ 周りの人がまだ仕事をしているので、自分だけが先に帰りにくいと思ったから。
④ 　3（☞P.31「解説」参照）

会話を作ろう

A：まだ帰らないんですか。
B：まだ資料の整理が終わらないんですよ。
A：何かお手伝いしましょうか。↗

↗B：いや、手伝ってもらわなくても大丈夫ですよ。
A：そうですか。では、お先に失礼いたします。
B：お疲れさまでした。

83

スケジュール管理はしっかりと。

マンガ中国語訳

① 前輩：帕娜菈朵小姐，這可以拜託妳嗎？
　　帕娜菈朵：好的！
　　　田中：這份資料想請妳在△日之前彙整好。
　　帕娜菈朵：好的！我知道了！
② 帕娜菈朵：（意思是我深受信賴嗎～好！我要加油！）
　　　　李：（沒問題嗎……）
③ （幾天後）
　　　田中：帕娜菈朵小姐，之前拜託妳的資料沒問題嗎？
　　帕娜菈朵：啊！
④ 帕娜菈朵：（△日不就是明天嗎！但是這個也才做到一半……）
　　帕娜菈朵：（也得完成這個……可能來不及了……）

考えよう！

① 周りの人から頼りにされていると思ったから。
② パナラットさんが、頼まれた仕事を期限までにできるかどうかということ。
③ 頼まれた仕事が期限までに間に合いそうもないので困っている様子。
④ 4（☞P.33「解説」参照）

会話を作ろう！

A：鈴木さん、これ、お願いしてもいいですか。　→ B：そうですか。期限はいつですか。
B：何ですか。　　　　　　　　　　　　　　　　A：明日なんだけど、できそうかな。
A：翻訳の仕事なんだけど。↗　　　　　　　　　B：申し訳ありません。今、急ぎの仕事があるの
　　　　　　　　　　　　　　　　　　　　　　　　で、明後日までにしていただけますか。

13

そこはちょっと思い切って！

マンガ中国語訳

① （某天下午——）
　　帕娜菈朵：咦？今天下午一定得送達的包裹嗎！？
　　帕娜菈朵：來不及送到嗎？
② 帕娜菈朵：怎麼辦才好？
　　　田中：先跟課長討論一下。
　　　　李：是阿。
③ 　　　李：課長有客人來訪，現在應該在會議室！
　　　田中：刻不容緩！
　　帕娜菈朵：好，我去傳達！
④ 帕娜菈朵：（啊，找到課長了……可是……）
⑤ 帕娜菈朵：（呃……怎麼辦……我可以插話嗎？）

考えよう

① 今日の午後に必着の予定だった荷物が「間に合わない」という連絡が急に入ったから。
② どうすればいいかを、まず課長に相談すること。
③ 課長はミーティングスペースでお客様とお話し中で、話しかけていいかどうか、わからないから。
④ 4 (☞ P.35「解説」参照)

会話を作ろう

A：課長にお客様から急ぎの電話です。どうすればいいですか。
B：課長は会議中で会議室にいらっしゃるから、すぐに知らせてきて。
A：はい、行ってきます。
　　（ノックして会議室に入る）失礼いたします。お話し中に失礼いたします。（メモを渡す）

14 大事なのは日時とテーマ。

マンガ中国語訳

① 田中：我必須馬上外出一趟，可以幫我發部門會議的通知信件給大家嗎？
　帕娜菈朵：好的！
② 帕娜菈朵：（嗯……○月○日（星期一）○點開始……收件人是……好，全部都加入收件人了！）
③ 帕娜菈朵：好！OK。送出！
　信件內容：
　　　　　給大家

　　　　　辛苦了，
　　　　　我是帕娜菈朵。
　　　　　我代替田中先生發這封通知信。

　　　　　○月○日（星期一）○時開始
　　　　　在第一會議室開會。

　　　　　那麼麻煩大家了。
④ 大家：（這到底是要開什麼會？？？）

考えよう

① 部内会議について、ほかの社員たちに連絡すること。
② 会議の日時と、メールの送信先に全員の名前が入っていること。
③ 4 (☞ P.37「解説」参照)

メールを書いてみよう

皆様
お疲れさまです。
部内会議のお知らせです。
8月10日（木）14：00からC会議室で、
来期の事業計画について会議を行います。
よろしくお願いします。

15 最初のひと言が肝心！

マンガ中国語訳

① （今天不知為何非常忙碌）
　　帕娜菈朵：您好！這裡是○○股份有限公司！
　　帕娜菈朵：好的，請稍候！
② 帕娜菈朵：（呃……山田先生的內線號碼是……）
　　帕娜菈朵：（外線電話響個不停……但是大家看起來都沒辦法接聽……）
③ 帕娜菈朵：（啊，趕上了！）
　　帕娜菈朵：您好！這裡是○○股份有限公司！
④ 　客戶：（嗯？不是該先說點什麼嗎？）
　　帕娜菈朵：（奇怪？）
　　帕娜菈朵：您好？

考えよう

① 電話が何本もかかってきてたいへん忙しい様子。
② ほかの電話に出ているから。
③ なかなか電話に出ないで待たせたのに、おわびの言葉がないから。
④ 4（☞P.39「解説」参照）

会話を作ろう

A：はい、お待たせいたしました。X社です。
B：Y社の村山です。吉田課長はいらっしゃいますか。
A：いつもお世話になっております。少々お待ちください。（課長を探す）……
　　たいへんお待たせいたしまして、申し訳ありません。吉田はただ今、会議中でございます。

16 いくら地図が苦手でも……。

マンガ中国語訳

① （預定來訪公司的客戶來電——）
　　客戶：不好意思，我已經到車站了，但是忘記帶地圖來……
　帕娜菈朵：咦……讓我想想……
② （邊回想自己的通勤路線——）
　帕娜菈朵：先直走穿過眼前的十字路口……
③ 　客戶：咦？十字路口？眼前？我沒看到啊……？
　帕娜菈朵：啊……嗯……請走南出口出來……
④ 帕娜菈朵：在一樓是便利超商的那棟樓右轉……咦？啊，左轉才對……
　　客戶：右？
　　客戶：咦？左？

考えよう

① 駅に着いたが、地図を忘れてしまい、駅から会社への行き方がわからないから。
② 自分の通勤経路を思い出しながら、説明しようとしました。
③ かえって道に迷ってしまい、困っている様子。
④ 3（☞P.41「解説」参照）

会話を作ろう

Ａ：地下鉄の駅に着いたのですが、道が
わからなくて……。

Ｂ：あ、そうですか。お客様は今どちら
にいらっしゃいますか。

Ａ：今、改札口を出たところです。↗

↗Ｂ：そうですか。そうしましたら、Ｃ２出口に向かって
いただけますでしょうか。

Ａ：はい、わかりました。

Ｂ：Ｃ２出口を出ましたら、目の前の信号を渡ってくだ
さい。コンビニの右にあるビルが弊社です。ビルに
入られたら、３階の受付までお越しください。

---

17 何を話せばいいのかな？

マンガ中国語訳

① （客戶來訪）
田中：我現在去把資料拿過來，請稍候。
② 帕娜菈朵：跟第一次見面的客人，要說些什麼好……真傷腦筋……
帕娜菈朵：（……啊，指甲真漂亮！）
③ 帕娜菈朵：指甲保養得很漂亮呢！
客戶：嗯，謝謝誇獎。
帕娜菈朵：是在沙龍做的嗎？
④ 帕娜菈朵：每個月去一次嗎？
帕娜菈朵：是在哪間沙龍？
帕娜菈朵：每次都在同一間？
客戶：咦？
客戶：嗯……是啊……
帕娜菈朵：請問做一次多少錢？

考えよう

① 来社した初対面のお客様。
② 同僚の社員が戻ってくるまでの間、ひとりだけで相手をすることになったお客様と、何を話せばよ
いか、わからなかったから。
③ 自分のプライベートに関わることを次々に聞かれて、困っている様子。
④ 1 （☞P.43「解説」参照）

会話を作ろう

Ａ：外は雨が降っていましたか。

Ｂ：ええ。（こちらに来る途中で降り始めました。）↗

↗Ａ：今週は雨の日が多くて困りますね。

Ｂ：週末は晴れるといいですね。

18 ほうれんそうは社外にも。

マンガ中国語訳

① 帕娜菈朵：那麼，我○日14點前往拜訪！
　帕娜菈朵：（得趕緊出門了。）
② （坐電車前往的途中——）
　　廣播：非常抱歉，在各位乘客趕時間時……
　帕娜菈朵：（奇怪？電車停下來了……）
③ 　廣播：因為平交道紅綠燈故障，因此……
　帕娜菈朵：（那就沒辦法了，重新發車前先來確認資料♪）
④ （客戶公司）
　客戶A：還沒來嗎？
　客戶B：對。
⑤ 帕娜菈朵：您好！
　　客戶：您、您好。

考えよう

① 25分遅れました。
② 取引先の会社の人に連絡を入れないで、資料を確認していました。
③ 連絡もせずに約束の時間に遅れて到着したのに、おわびもしないで、あいさつしたから。
④ 2 (☞P.45「解説」参照)

会話を作ろう

A：はい、X社の佐藤です。
B：Y社の高橋です。お世話になっております。
A：お世話になっております。
B：今タクシーでそちらに向かっているのですが、実は道が混んでいまして、申し訳ないのですが、お約束の時間に30分ほど遅れそうでして……。↗

→A：そうですか。承知しました。では、そのころにお待ちしております。
B：ご迷惑をおかけして申し訳ありません。よろしくお願いいたします。

19 名刺はきちんと整理しておかないと……。

マンガ中国語訳

① 帕娜菈朵：（今天也交換了好多名片，已經滿滿的了。）
　　　　　（名片夾）
② （回公司後——）
　帕娜菈朵：(得來整理一下名片夾。)
　　田中：帕娜菈朵小姐！可以現在過來一下嗎？
　帕娜菈朵：好！
③ （會議室有客人來訪）
　　田中：我來介紹一下，這位是同課的……
　帕娜菈朵：（啊，得拿名片出來。）
④ 帕娜菈朵：初次見面，我是帕娜……啊……
　　田中：嗯？？
　　客戶：咦！？……

考えよう

① 初対面のあいさつと名刺交換。
② 帰社後、整理しようと思ったけれど、先輩に呼ばれたので、整理できませんでした。
③ 自分の名刺ではなく、訪問先の会社の人にもらった名刺を出してしまったから。
④ 4（☞P.47「解説」参照）

会話を作ろう

Ａ：初めてお目にかかります。Ｘ社の鈴木と申します。（名刺を出す）よろしくお願いいたします。
Ｂ：（名刺を受けとる）鈴木様ですね。部長の山本です。（名刺を出す）こちらこそ、よろしくお願いいたします。
Ａ：（名刺を受けとる）ちょうだいいたします。ありがとうございます。

20 仕事のメールに顔文字??

マンガ中国語訳

① （拜訪客戶結束）
　帕娜菈朵＋田中：我們先離開了。
　　客戶：感謝蒞臨。
② 　田中：回公司後，最好傳封感謝郵件給對方。
　帕娜菈朵：好的！
③ （立刻開始寫郵件）
　帕娜菈朵：（兩位負責人都很親切，人非常好，想把這個心情傳達給對方。）
④ 客戶Ａ：您看了帕娜菈朵小姐的郵件了嗎？
　客戶Ｂ：嗯……
　郵件內容：今天百忙之中抽空，真的非常感謝。(((∨∨∨)))。

考えよう

① 先輩と一緒に取引先の会社を訪問してきました。
② 先輩のアドバイスに従って、取引先の会社の人にお礼のメールを送りました。
③ パナラットさんのメールの中に、顔文字や絵文字が使われていたから。
④ 4（☞P.49「解説」参照）

メールを書いてみよう

いつもお世話になっております。
先日はお忙しい中、わざわざお時間をいただき、ありがとうございました。
サンプルがご用意できましたので、お送りいたします。
今後とも、どうぞよろしくお願いいたします。

初心、忘るべからず！ ―先輩だって失敗する―

マンガ中国語訳

① （上午9點）
　　同事：李小姐，這個要傳閱！
　　李：我會議結束後再看，請先幫我放桌上。
② （會議結束回來……）
　　李：（電話的便條和郵件積了這麼多……總之照順序來整理吧……）
③ 李：（好，結束。這個OK了！這個也完成了！）
④ 李：（呼…已經5點了嗎。再一下就下班了！）
　　同事：咦！？還沒看到傳閱資料！？
　恰特彭：咦！？
　　李：（傳閱！？）
⑤ 同事A：真奇怪，傳哪去了～！？
　恰特彭：來找找看吧！
　　李：（是在說這個嗎！？）

マンガ中国語訳

① 李：（我看先休息一下再回去好了……）
② 李：（啊，累死了！用SNS抱怨一下。）
③ SNS1：唉……工作總算結束了……檔案做得非常不周全，好累人～～
　SNS2：辛苦了～LEE……我工作也……
④ 李：（反正也沒跟公司的人說我的帳號，稍微抱怨應該不為過吧。）
　李：（嘿嘿，心情稍微變好一點了。）
⑤ 同事：（這個……是李小姐的帳號吧……哼，是這樣啊。那個檔案可是我做的耶！）
　同事：嗯……
　　李：（暢快多了，回去吧～）

マンガ中国語訳

① （進公司第一年）
　　後輩：李小姐，我有事情想請教您。
② 李：可以啊，儘管問！
　李：（我也變得值得信賴了呢，嘿嘿。）
③ 後輩：關於這種情況……
④ 李：（咦，我記得這時候應該要……咦……）
　李：這個嘛……嗯，就△○△這樣做！（……大概）
　後輩：非常感謝您。
⑤ （這之後）
　　後輩：李小姐……那個～之前那個應該是X○△才對。我想說也跟妳說一聲比較好……
　　李：啊……是嗎……
　　李：（我果然搞錯了……）

21 相手の名前は重要だから。

マンガ中国語訳

① 恰特彭：您好，這裡是○○○○。
　　恰特彭：（已經可以馬上接聽電話了！）
② 客戶：我是ab商事股份有限公司的佐佐木，可以幫我轉接李小姐嗎？
　　恰特彭：（講好快，聲音又好小……根本聽不清楚……）
　　恰特彭：（找李小姐的電話，所以應該是那家公司……）
③ 恰特彭：李小姐，BA商事股份有限公司的佐伯先生找妳！
　　　　李：（BA商務的佐伯先生？……總之先接電話！）
④ （數分鐘後）
　　　　李：我說！恰特～公司名稱跟負責人名字都說錯了啊！
　　恰特彭：非、非常抱歉。

考えよう

① 株式会社ａｂ商事の佐々木さんから李さんへの電話。
② 早口で声が小さくて、聞き取りにくい声。
③ チャタくんが、電話の相手について、間違った会社名と担当者名を伝えたから。
④ 1（☞P.53「解説」参照）

会話を作ろう

Ａ：X社の渡辺と申しますが、米山様はいらっしゃいますでしょうか。
Ｂ：たいへん申し訳ございません。お電話が遠いようなので、もう一度お名前をおっしゃっていただけますでしょうか。
Ａ：はい。渡辺と申します。
Ｂ：渡辺様ですね。ありがとうございます。

22 急いでいる人もいるからね。

マンガ中国語訳

① 　田中：星期五的資料，內容這樣就沒問題了。會議前先準備好喔！
　　恰特彭：３種文件印７人份對吧。
② 恰特彭：（１人份就有20張……）
　　恰特彭：（趁有時間時先印起來。）
③ 恰特彭：（好～這段時間先做這個工作……）
　　　　李：（搞什麼！？這個份量！！）
　　　　李：喂！是誰在用印表機！？我有東西急著要印耶！
④ 恰特彭：啊，非常抱歉。那個，是我在用……
　　　　李：什麼！？很急嗎？這個！！
　　恰特彭：啊……沒有……那個……

考えよう！

① 金曜日の会議までに資料を人数分準備しておくこと。

② 3種類を7人分で、1人あたり20ページ、合計140ページほどの大量な分量。

③ 急いで印刷したいものがあるのに、チャタくんが大量にプリントアウトしているので、プリンターが使えないから。

④ 4 （☞**P.55**「解説」参照）

会話を作ろう！

A：300枚印刷します。印刷してもいいですか。

B：すみません。急ぎの書類があるので、先にコピーさせてもらえますか。

A：はい、お先にどうぞ。

B：ありがとうございます。

23 聞く耳を持つことも大切。

マンガ中国語訳

① 帕娜菈朵：（昨天回家路上想到不錯的企劃，得在會議前彙整好！！）

② （會議開始——）
　田中：我思考的方案中○○為……因此……將……這樣做……
　帕娜菈朵：（咦！？和我的想法完全相反！我認為那樣是錯的！！）

③ （於是帕娜菈朵小姐就——）
　帕娜菈朵：我的想法完全相反！我的案子比較……因此……會變成……
　田中：不，這個嘛……
　帕娜菈朵：這個案子還是我的企劃比較……
　田中：我說……

④ 帕娜菈朵：所以說我的提案比較……因為……所以……（講個不停）
　佐藤部長：帕娜菈朵小姐，你先稍微冷靜一下。

考えよう！

① 昨日、帰り道で思いついた企画を、会議に間に合うようにまとめています。

② 自分の案とは正反対のアイデアだったので、間違っていると思いました。

③ 同僚に発言させないで、自分の案のほうがよいことを一方的に話し続けました。

④ 3 （☞**P.57**「解説」参照）

会話を作ろう！

A：私としては、新商品の売り上げを伸ばすためには、広告に有名タレントを使うのがよいと思います。

B：そうですね。そういう考え方もあると思いますが、まずは商品の特長がわかりやすい広告にすることを検討してはいかがでしょうか。

24 質問するのは、恥ずかしいことじゃない。

マンガ中国語訳

① 田中：恰特彭，我有工作想委託你，現在方便嗎？
　恰特彭：可以！
　恰特彭：（太好了！！受到信賴了！）
② 田中：……因為如此○△公司就……所以……的關係！……用……是……
　恰特彭：是……是……
　恰特彭：（咦？現在講的東西有點聽不懂……？但是好難開口說自己不懂……）
③ 田中：那我接下來外出後就會直接回家，如果有問題可以現在問我。
　恰特彭：沒有問題！！
　恰特彭：（總會有辦法！）
④ 恰特彭：（嗚嗯～～剛剛的地方果然還是搞不懂，做不下去～）
　　同事：先走囉！
　　　李：辛苦了！
　恰特彭：辛苦了！

考えよう

① 先輩に頼りにされていることがうれしい様子。
② 先輩に頼りにされているのに、今さら「わからない」とは言いにくいと思い、また、わからなくても何とかなるだろうと思ったから。
③ 自分がわからないところを、先輩と話しているときに思いきって質問しなかったこと。
④ 3（☞P.59「解説」参照）

会話を作ろう

A：あの、お話の途中ですみませんが、ちょっとよろしいでしょうか。
B：何ですか。
A：今、課長がおっしゃいましたX社への販売価格についてですが、「値引きには応じられない」というのは、「値引きしない」ということでしょうか。
B：はい、そうですよ。
A：わかりました。ありがとうございます。

25 いくら後輩だからって……。

マンガ中国語訳

① 恰特彭：早安！！
　　　李：……早。
② 　　李：你昨天沒整理乾淨就回家了對吧！桌子～
　恰特彭：（一早就好可怕）是、是的。
③ （會議中對前輩的態度……）
　　前輩：……因此這樣大家覺得如何呢？
　　　李：嗯，我認為這個方案非常有成效。
④ （對後輩恰特的態度……）
　　　李：咦，你那是哪來的資訊阿！？
　恰特彭：（果然好可怕啊……）
　同事們：（那種口氣也太……）

① チャタくんに背中を向けたまま「おはよ」と言いました。
② 昨日チャタくんが机の上を片づけないで帰ったこと。
③ 先輩には丁寧な言葉で礼儀正しく話したのに、チャタくんには乱暴な話し方をしました。
④ 4（☞P.61「解説」参照）

会話を作ろう

A：新商品の今月の売り上げが、先月より10パーセント上がりました。
B：鈴木さん、すみません。ちょっと聞いてもいいですか。
A：はい、何でしょうか。
B：その新商品の発売後1か月の売り上げはどうでしたか。

26 「できません」と言うその前に。

マンガ中国語訳

① 川村課長：李小姐，我有點事情想拜託你。
② 李：沒辦法！！
　　川村課長：啊……好……
③ （過了一會……）
　　　　李：恰特，這個可以拜託你一下嗎？
　　恰特彭：現在沒辦法。
④ 李：（什麼嘛！！）
　　李：（這麼說來我剛剛也是……）（沒辦法！！）
⑤ 李：川村課長，剛剛真是失禮了。是不是有急事呢……
　　川村課長：喔！

考えよう

① 上司に背中を向けたまま「できません」と返事をしました。
② 李さんに背中を向けたまま「いまは無理です」と返事をしました。
③ 自分も先ほど上司に対して、同じように乱暴で冷たい態度をとったこと。
④ 2（☞P.63「解説」参照）

会話を作ろう

A：加藤さん、ちょっとお願いしたいことがあるのですが。
B：はい、何でしょうか。
A：新商品のパンフレットの翻訳をお願いできますか。
B：いつまでに必要なものでしょうか。
A：今月末までにできていればいいのですが。
B：今月末までですね。承知しました。

27 準備は怠りなく。

① 帕娜菈朵：（這星期第一次和佐藤部長一起出差！好緊張但是也好興奮！）
② 佐藤部長：帕娜菈朵小姐，因為這次研討會會場是第一次去，所以請先把地點查好。
　帕娜菈朵：好的！
　帕娜菈朵：（研討會會場有2處，所以……先印下來……）
③ 帕娜菈朵：給您，這是到會場的地圖！
④ 佐藤部長：那要搭幾點的電車才來得及？從最近的車站過去要花的時間也查好了吧？
　帕娜菈朵：咦……
　帕娜菈朵：（我沒查得那麼詳細～）

考えよう

① 出張先のセミナー会場の場所を調べておくこと。
② 初めて行く、よく知らない場所だから。
③ 電車の時間や最寄り駅からの時間など、調べていないことについて聞かれたから。
④ 1（☞P.65「解説」参照）

会話を作ろう

A：山本さん、先月の売り上げについて調べておいてください。
B：はい、わかりました。先月の売り上げのほかに調べることはございますか。
A：それじゃあ、去年の売り上げも調べておいてください。
B：承知しました。

28 何はともあれ、相談だ！

① 恰特彭：（今天和客戶商討得很順利……）
　恰特彭：（感覺不錯～）
　恰特彭：（也能自己獨自做資料了。）
　　同事：最近恰特都不太發問了，沒問題嗎？
　　　李：嗯……
② 　同事：奇怪？
　　同事：恰特，這邊有點不對喔。
　恰特彭：咦？
③ 恰特彭：（啊！？……奇怪……奇怪！？這個不太妙啊！）
　川村課長：（喂！）
④ 川村課長：喂！是誰！是誰統整這個資料的！
　川村課長：（別開玩笑了！）
　恰特彭：那…那是～
　　同事：（糟糕了……）

① チャタくんが先輩たちに質問しないで、自分ひとりで仕事を進めていること。
② チャタくんが自分ひとりで作って上司に提出した書類。
③ チャタくんが作った書類に大きな間違いがあったから。
④ 2（☞P.67「解説」参照）

会話を作ろう

A：係長、今ちょっとよろしいですか。
B：何かな？
A：課長から、データを計算して報告書を作るように言われて、作ったんですが、私の計算が正しいかどうか、見ていただけませんか。
B：うん、いいよ。どれどれ。

29 「ここは日本だよね？」と思うかもしれないけど……。

マンガ中国語訳

① （部門定期會議）
　　同事：關於ＸＸ案件，必須事前謀求Consensus（意見一致）……
　恰特彭：（！？Consensus？）
② （討論白熱化……）
　　同事：如果Outsourcing（外包）呢……
　　同事：Consortium（企業合作）的話……會……
　　同事：活用Scale merit（規模優勢）……
　恰特彭：（請說日語啊～）
③ 恰特彭：（來查一下！Consortium是……）
　　同事：那接著請看一下前幾天傳給大家的資料！
　恰特彭：（啊……也得打開會議資料才行……）
④ （會議結束——）
　　同事：今天就到此結束！
　　田中：咦？恰特你怎麼了？
　恰特彭：（唉！好累……）

考えよう

① コンセンサス、アウトソーシング、コンソーシアム、スケールメリット。
② 議論の内容がほとんど理解できず、困っている様子。
③ パソコンを開いてインターネットでカタカナの言葉の意味を調べること。
④ 4（☞P.69「解説」参照）

会話を作ろう

A：すみません。「アウトソーシング」とはどのような意味でしょうか。
B：それは「業務を外部委託する」という意味ですよ。
A：ありがとうございます。

30 おいてきぼりは、いけません。

マンガ中国語訳

① 怡特彭：李小姐明天開始要去台灣出差對吧。請路上小心！
　　李：謝謝。
　　李：嗯，資料在……好！
②（然後前往台灣）
　川村課長：請多關照。
　　　李：請多關照……
③（一小時後）
　　李：（看來商談似乎會非常順利！）
④　李：我們的合作一定會順利的！
⑤　客戶：是阿，我也這麼想……
　　李：基本上沒有問題，不過我覺得……
⑥ 川村課長：……
　　李：（糟了！）

考えよう

① 上司と台湾へ。
② 取引先の台湾の会社の人と上司との商談を、通訳すること。
③ 中国語がわからなくて会話に入れないから。
④ 3（☞P.71「解説」参照）

会話を作ろう

A：部長、契約が決まってよかったですね。
B：うん。「契約が決まってうれしい。これからもよろしくお願いいたします」と通訳して伝えてください。
A：「契約が決まってうれしい。これからもよろしくお願いいたします」
　（※あなたの国の言葉で言ってください）
C：「私もとてもうれしい。こちらこそよろしくお願いします」（※あなたの国の言葉で言ってください）
A：あちらも「私もとてもうれしい。こちらこそよろしくお願いします」とおっしゃっています。
B：そうですか、それはよかった。（Cと握手する）

やがて、いつの間にか……。 －成長の証－

マンガ中国語訳

① （以前——）
帕娜菈朵：（唉……沒辦法流利地應答電話。敬語好難。）（啊，請等一下！）
　　　李：（沒問題嗎？）
帕娜菈朵：這樣不行啊……
② （於是——）
　　　李：您是……。好的，我知道了，請稍候。
帕娜菈朵：（得學習前輩的應對方式！）
帕娜菈朵：（筆記起來。）
③ （現在—）
帕娜菈朵：您好，這裡是○○股份有限公司。
④ 帕娜菈朵：我是帕娜菈朵，方便詢問您貴姓嗎？
　　　李：帕娜菈朵小姐成長了呢！

マンガ中国語訳

① 佐藤部長：……因此想先跟對方約見面時間，麻煩妳了！
② 帕娜菈朵：好的！那由我來發電子郵件!
　　　李：（沒問題嗎……）
③ 帕娜菈朵：首先要寫清楚拜訪目的……
帕娜菈朵：列出２、３個候補日期……
帕娜菈朵：（副本也傳給部長跟李小姐……傳送！）
④ 佐藤部長＋李：喔！非常完美！
信件內容：
　　　　○○股份有限公司 田中先生／小姐

　　　　總是承蒙您的照顧。
　　　　為了說明新商品，想跟您約面談時間，
　　　　因此聯絡您。

　　　　希望面談日
　　　　①○月○日（星期三）10：00～12：00
　　　　②○月△日（星期四）全天
　　　　③○月□日（星期一）14：00～17：00

　　　　請從以上選擇約一個小時。

　　　　……再勞煩您回覆了。

マンガ中国語訳

① （某天——）
　　　田中：想請妳幫我統整12月的銷售實績……嗯～４天做得完嗎？
帕娜菈朵：可以。
　　　田中：（其實是想在２天後的部門會議上報告……可是委託地太突然了……）
② 帕娜菈朵：（前輩是不是想在２天後的部門會議報告啊……）
帕娜菈朵：（但是沒有時間全部統整了……）
③ （隔天傍晚——）
帕娜菈朵：我做了可以在明天部門會議報告數值的簡易版統整。麻煩您確認。
④ 帕娜菈朵：整理好格式的詳細分析資料會在原本的截止日前給您。
　　　田中：帕娜菈朵小姐謝謝你！幫了我大忙！
　　　田中：（感激！！）

ビジネス日本語にチャレンジ！

解答 & 解説
（かい とう かい せつ）

❶ 正解：2. 花

日本諺語題。「言わぬが花」意思為「事情不要明確說出口，更能體會到其中含意，或是不會因而造成麻煩」。此問題情境為，周圍的人發現交涉談判最後很可惜不順利地結束了，因此刻意不在部長面前提到此事。

與「言わぬが花」相似的諺語為「知らぬが仏」。意思為「知道的話會很生氣，但是不知道的話就可以保持平靜」。或用於嘲諷「只剩當事人自己不知道，還顯得清淨的樣子」。

❷ 正解：3. 八方ふさがり

日本諺語題。正確答案的「八方ふさがり」意思為「不管用任何手段都無法突破或改善困境，因無能為力而困擾的情形」。1「一触即発」意思為「只要稍微觸碰到就會爆發的樣子，形容非常緊迫的狀態」。2「四角四面」意思為「思考方式和態度都太過認真、一板一眼」。4「十把ひとからげ」意思為「把許多東西全部湊在一起，粗糙地處理」。因此除了正確答案的3以外，皆不符合題意。

❸ 正解：3. あいにく

因負責職員不在，為此向訪客致歉的場景。「あいにく」意思為「無法回應對方的期待、目的，或時間不方便」，與「誠に残念ながら」使用方法相同。1「折よく」的意思完全相反。2「しかるべく」意思為「適當地，使其適合」。4「なるべく」意思為「儘可能」，因此皆不符合題意。

❹ 正解：4. ありがとうございます

拜訪客戶公司，或是打電話給客戶時，固定會向轉打的人傳達的寒暄用語。率直地向總是親切往來的對方傳達感謝之意。雖然受到「照顧」了，但此題不會使用選項1或2致歉或畢恭畢敬的用語。另外，3的「幸いに存じます」意思為「如果能答應我的願望，我會非常高興」，用於拜託對方時，非常鄭重的表現方式。

❺ 正解：4. 得ない

慣用表現題。「要領を得ない」意思為「話中沒有明確的重點，或是沒有道理可循，因而無法理解想要表達什麼」。「要領」為事物最重要的部分，也就是「要點」，也有明確掌握事物進行方向的意思。與此處「要領」意思相似的詞語為「的」，其

使用方法為「的を射る」（＝掌握住要點）、「的外れ」（＝偏離重點、預測錯誤）。

確是搞錯了，但是……），句子後面如果不接「失わない」的話，語意會不通順。**4**「間違えたからには」有強烈的因果關係(=因為搞錯了，所以肯定會……)，與題目句尾的「……ことがある（＝有可能）」表現方式不符合。

❻ 正解：3. 申しております

敬語題。情境為要傳達給貿易往來公司，也就是公司以外的人士，自己上司即部長有意委託對方工程。這時候，即使是上司，對自己公司的人都不能表達敬意。能表達敬意的對象，只有公司以外的人。因此此題應該選擇對自己上司使用謙讓表現的「申しております」。選項**1**和**2**都對上司用了敬語，因此不正確。選項**4**則並沒有向對方展現敬意。

❾ 正解：4. 尽くす

語彙題。**4**的「礼を尽くす」意思為「遵從禮儀規矩，拿出自己最大的敬意接待對方」。此選項能順利連接題目，描述和初次見面的人要做好心理準備。**1**「礼をする」意思為「打招呼、頷首、行禮」。日文中沒有**2**「礼を行う」的表現方式。**3**「礼を返す」意思為「回應對方的寒暄」，不符合題意。

❼ 正解：2. とのことです

此題情境為要將客戶的電話內容傳達給課長。如果報告的太過草率，即使是簡短的內容，也可能會失去客戶的信賴。必須要準確且簡潔地傳達對方來電的用意。切忌內容不可太含糊或擅自加入自己的臆測。因此**1**・**3**・**4**皆不符合題意。

❿ 正解：3. おかけいたします

此題情境為因自己要休假，而給職場的人帶來困擾時致歉。正確答案的**3**「面倒をかける」為慣用語，意思為「讓對方花費時間跟勞力，因此造成對方的負擔」。**4**「面倒を見る」意思為「照顧」，因此不符合題意。

❽ 正解：1. 間違えたりすると

文法題。注意題目句尾「一度に失うことがある」的表現方式，可推測出底線空格處應該為「……の場合は」、「……ならば」、「……すると」等表示假定或條件的詞彙。因此，放入**1**「間違えたりすると」後，意思會是「如果搞錯的話，就會失去信用」，便與題意相符。**2**「間違えたとはいえ」、**3**「間違えたにしても」表示讓步(=的

⓫ 正解：1. 何なりと

語彙涵義題。當自己的工作有餘裕時，查看旁人或職場整體的狀況，必須自己主動提出協助。正確答案**1**「何なりと」是傳達如果我可以做得到的事「無論什麼、不管什麼」都會做的語彙。**2**「何もかも」雖然意思為「全部、一切」，但「全部」的意思，就不僅僅只是「幫忙」而已，因此

不符合題意。**3**「何としても」意思為「必定、無論如何」，**4**「何はともあれ」意思為「無論如何」，皆不符合題意。

「ご覧になっていただく」可替換成「ご覧いただく」。但是並沒有選項**1**、**2**的用法。**4**為雙重敬語（＝重複使用同種類的敬語），使用方法並不恰當。

⑫ 正解：2.猫の手

日本諺語題。「猫の手も借りたい」意思為「不管誰來幫忙都好，希望能得到幫助，形容非常忙碌的樣子」。**1**「孫の手」是抓背時使用的道具。**3**「馬の脚」會聯想到諺語「馬脚をあらわす」（＝應該藏起來的事物，卻暴露了出來）。**4**「虎の尾」會聯想到諺語「虎の尾を踏む」（＝冒著非常大的危險），都與題目內容毫無關聯。

⑮ 正解：4.長らく

語彙涵義題。題目情境為向久等的訪客或來電對象致歉。正確答案的**4**「長らく」意思為「長時間」，誠實地承認讓對方久等的事實。但**1**「少々」、**2**「いささか」的意思皆為「稍微」，套入題目的話意思會變為「一會兒、短時間」。**3**的「しばらく」意思也同樣是「一會兒、不久的時間」，皆沒有對於讓對方久等之事感到抱歉的涵義。

⑬ 正解：4.不測

語彙涵義題。正確答案的**4**意思為「無法預測、意想不到」。確認其他的選項後，**1**「不明」意思為「事情不明確，因此不了解」。**2**「不惑」原本意思為「不迷惑」，但是以中國古典《論語》為由來的成語故事中，「不惑」意指「40歲」，現在似乎常出現此種用法。**3**的「不問」意思為「不提問、不追問」，因此皆不符合題意。

⑯ 正解：2.と

連接詞題。此題情境為向公司外部的客人說明前往會場的路線。正確答案**2**的「と」意思為「一做……，就會……」，此為滿足某種條件後，就經常會發生某結果的用法。題目放入「と」後，意思就會變成「向右前進，就（必定）有櫃台」。**1**「が」前後關係不明，句子的意思無法完全通順。**3**「ので」雖然是表示理由的詞彙，但不必像因果關係一樣，必須表示前後理由。**4**「としても」意思為「即使做……」，也與題意不通。

⑭ 正解：3.ご覧になって

敬語題。題目情境為確認課長是否看了研修會說明的電子郵件。「看」電子郵件的是課長，因此為了對課長表示敬意，需使用敬語（尊敬語）。「ご覧になる」為「見る」的尊敬語。正確使用此尊敬語的只有**3**「ご覧になって」。順帶一提此題的

⓱ 正解：1.根掘り葉掘り

慣用句題。正確答案的 **1**「根掘り葉掘り」意思為「連枝微末節的事，都糾纏不休的樣子」。透過和客人溝通，明確掌握到客人的需求是非常重要的工作。但題目提到，若是踏入客人的隱私，詢問跟工作沒關係的事情，則相當失禮。

⓲ 正解：4.まいりません

敬語問題。題目情境為致電給客戶公司的人希望能更改約好的見面時間。這種情況，禮貌上要一邊向對方展現敬意，一邊確認對方意向。正確答案的 **4**「まいりません」為謙讓語「まいる」的否定型。用「まいりませんでしょうか」來詢問，不會有強加自己期望的感覺，能展現出尊重對方意見的心情。**2**「いきません」無法充分向對方傳達敬意。肯定型的 **1**「いきます」和 **3**「まいります」則無法自然和句子前的「……わけには」連接。

⓳ 正解：1.あずかりました

慣用表現題。題目情境為由公司以外的人士「田中先生」介紹自己後，自己正要向初次見面的人自我介紹。正確答案的 **1**「あずかりました」的辭書型為「あずかる」（漢字寫作「与かる」）。「ご紹介にあずかる」是輩分高的人介紹自己給他人認識時的用法。**4**「たまわりました」為謙讓語，雖然用法和「いただきました」相同，但沒有「紹介にたまわる」此種說法。「紹介をたまわる」才是正確的說法。

⓴ 正解：3.愛顧

語彙涵義題。題目情境為店員向來店的客人致謝。正解的 **3**「愛顧」意思為「受（客人）光顧關照」。**1**「承諾」意思為「聽取並答應他人的意見和要求。或是接受對方的委託」。**2**「尽力」意思為「傾盡全力」。**4**「面倒」意思為「麻煩且討厭的事情」。除了 **3** 以外，皆不符合題意。

㉑ 正解：4.いません

文法題。題目主旨為「自己的名字被弄錯了的話，任誰應該都會覺得不愉快」。「不愉快に思わないお客様は……」句子中間使用了否定型，因此後面的表現如果沒有「いない」，句子的意思就不會成為「不愉快に思う」。此種表現方式稱為「雙重否定」。選項中含有「いない」意思的詞語，只有 **4**「いません」。

㉒ 正解：1.共用

語彙涵義題。題目主旨為印表機是營業部和開發部一起使用，因此正解為 **1**「共用」。「共用」意思為「複數的人一起使用」。**2**「共通」意思為「兩個以上的事物，無論哪個皆適合」。**3**「共同」意思雖然為「複數的人擁有同樣的目的和條件，一起做些什麼」，但單獨用這個字的話，並沒有「使用」的意思。**4**「共存」意思為「兩個以上的事物同時存在、一起生存」，因此除了 **1** 以外，皆不符合題意。

㉓ 正解：3. 見張る

語彙涵義題。讀完問題後，可以想像出同席的職員們因為被女職員的反駁嚇到而「瞪大雙眼」或「目瞪口呆」的樣子。能夠表示此意的，只有3「見張る」。職員並非如同選項2的僅僅只是「張開眼睛」。4「つぶる」意思為「閉上眼睛」。

㉔ 正解：2. 甘かった

慣用句題。題目為工作沒有照計劃進行，而遭到上司責罵的情境。從「それでも何とかなると思っていたのなら」此表現中可得知，工作的計畫和預測都不夠充足。正解的2「見通しが甘い（甘かった）」意思為「事前沒有充分計畫好」，或「對今後的發展或將來的預測不夠充足」。1的「見通しが暗い」意思為「無法明確預測將來」或「將來沒有希望」，因此不符合題意。另外，沒有3「見通しが遅い」和4「見通しが緩い」的說法。

㉕ 正解：3. 島

慣用句問題。「取り付く島もない」意思為「無依無靠，什麼都沒有」。另外，也表示「想向對方拜託或商量事情，但對方態度冷淡，沒辦法讓話題有所進展的樣子」。題目中表現出「ピリピリしている」是因為「取り付く島もない」的緣故。

㉖ 正解：3. 間

語彙涵義題。題目提到，前輩忙到連旁人想跟他「說話」都沒辦法。也就是說，前輩連「一點點餘裕」都沒有。能表示這個意思的為3「間」。「間」這個字用作「……する間もない」時，意思為「要做某件事情而必須的多餘時間」或「片刻」。1「谷間」意思為「山谷之中」或「夾在高處之間的低處」。2「手間」意思為「工作所花費的勞力和時間」。4「すき間」意思為「夾在物體之間的微小空間」。

㉗ 正解：2. 気

慣用句題。題目前半提到，新人會留意周圍的人，並且能注意到小細節。能表現出這些評價的詞為2「気が利く」才是正確答案。1的「機転が利く」雖然是指「能根據該場所和現場狀況，迅速做出適當地應對」，但這就和題目前半的「周到に準備を進めていた」意思不符合。3「目が利く」表示「能分辨善惡的能力」。4「鼻が利く」表示「能清楚辨別東西聞起來的味道」或「能敏銳地注意到跟自己利益有關的事物」。

㉘ 正解：4. おわびいたします

商務日語慣用表現題。題目內容為修正錯字後，因造成對方困擾而致歉。這種情況通常會用的表現方法為4「おわびいたします」。意思為「因自己的過錯造成別人麻煩時致歉」。1「ご容赦願います」意思為「請原諒」。在徵求對方原諒前，自己必須先好好道歉。2「失礼いたしま

す」是自己要做某事前，先徵求對方理解，或離
開某場所時使用的語句。**3**「遺憾に思います」
本來的意思為「感到可惜」。皆不適合用在此題
情境。

㉙ 正解：1.カテゴリー

　片假名詞彙題。答題關鍵字為題目中的「使用
目的によって」和「分類」。將產品收納至架子
上時，以同樣目的製造出的產品必須要收納在一
起，與其他產品區分開來整理。這種區別和分類
的方式就稱為**1**「カテゴリー」。「カテゴリ
ー」意思為「擁有相同性質的東西所集結成的領
域或範圍」。**2**「ポイント」意思為「要點、重
點」。**3**「ディテール」意思為「詳細」；**4**
「サークル」意思為「同好會、夥伴」，因此**2**
～**4**皆不符合題意。

㉚ 正解：3.さすがに

　副詞題。正確答案**3**「さすがに」是對已經給
過評價或判斷過的某事物，再一次有了同樣評價
時所使用的詞彙。語氣表現方式類似「不管怎麼
想，果然還是……」。**1**「大して」後面必須伴
隨否定句，用來表示「並沒那麼……」的意思。
2「ぜんぜん」後面也必須伴隨否定句，用來表
示「完全……沒有」的意思。**4**「ほとんど」後
面伴隨否定句的詞彙，意思為「可以說完全……
沒有」。因此，**1**、**2**、**4**皆不符合題意。

【オフィスのことば】索引

◆この索引では、01〜30のマンガの「オフィスのことば」を、①英語の言葉、②カタカナの言葉、③漢字・ひらがなの言葉に分けたうえで、②③を原則としてそれぞれ五十音順に並べています。

◆①②、さらに③の中のひらがなだけの言葉は、「読み」を載せていません。

通しNo.	オフィスのことば	読み	中国語	マンガNo.
1	CC	——	CC、電子郵件副本	04
2	アイデア	——	主意、點子	23
3	アウトソーシング	——	外包	29
4	コール	——	電話響聲	03,06
5	コンセンサス	——	意見一致、共識	29
6	コンソーシアム	——	企業合作、合夥	29
7	スケールメリット	——	規模優勢	29
8	セミナー	——	研討會	27
9	プラン	——	計劃、方案	25
10	プリンター	——	印表機	22
11	プリント	——	印、印刷	22
12	プリントアウト	——	列印、影印	27
13	ミーティング	——	會議	25
14	ミーティングスペース	——	會議室	13
15	あいにく	——	不湊巧	07
16	案	あん	計劃、方案	23
17	案件	あんけん	案件、議案	29
18	案内	あんない	引導、指引	09
19	生かして	いかして	活用	29
20	急いで	いそいで	緊急、急忙	22
21	急ぎ	いそぎ	緊急	22
22	いったい	——	究竟	14
23	以内	いない	以內	03
24	印刷	いんさつ	列印、影印、印刷	22
25	伺います	うかがいます	拜訪	18
26	打ち合わせ	うちあわせ	商討	28
27	うまくいきそう	——	看樣子能夠順利	30
28	うまくいきます	——	順利	30
29	うまくいった	——	順利	09,28
30	英文	えいぶん	英文	04
31	お忙しい中	おいそがしいなか	百忙之中	20
32	お急ぎ	おいそぎ	緊急	26
33	お急ぎのところ	おいそぎのところ	緊急的時候	18

通しNo. とお	オフィスのことば	読み よ	中国語 ちゅうごくご	マンガNo.
34	お伺いしたい	おうかがいしたい	想請教	05,08
35	お伺いします	おうかがいします	請教	08
36	お客様	おきゃくさま	客人	16,17,19
37	お客さん	おきゃくさん	客人	28
38	お先に	おさきに	我先回去了	24
39	お世話になっている	おせわになっている	承蒙照顧	09
40	お世話になっております	おせわになっております	承蒙您的照顧	09
41	恐れ入ります	おそれいります	不好意思	01
42	お疲れさま	おつかれさま	辛苦了	24
43	お待ちしています	おまちしています	等候您	08
44	お待ちしております	おまちしております	等候您	08
45	お持ちします	おもちします	我幫您拿	17
46	お約束	おやくそく	約定、約會	08
47	お礼	おれい	致謝	20
48	課	か	課、科	19
49	会議	かいぎ	會議	14,22,23,29
50	会議室	かいぎしつ	會議室	14,19
51	会社名	かいしゃめい	公司名稱	21
52	外出	がいしゅつ	外出	07,08,24
53	会場	かいじょう	會場	27
54	外線	がいせん	外線電話	15
55	書き出し	かきだし	(文章的)開頭	04
56	確認	かくにん	確認	03,18
57	かしこまりました	——	我明白了、我知道了	06,07,08
58	課長	かちょう	課長、科長	13,26
59	株式会社	かぶしきがいしゃ	股份有限公司	01,04,15,21
60	簡潔	かんけつ	簡潔	05
61	企画	きかく	企劃	23
62	帰社	きしゃ	返回公司	19
63	協力	きょうりょく	協力、合作	30
64	議論	ぎろん	議論	29
65	緊張	きんちょう	緊張	09,27
66	後輩	こうはい	後輩、晩輩	25
67	御担当者	ごたんとうしゃ	負責人	04
68	ご覧ください	ごらんください	請看	29
69	ご覧になりました	ごらんになりました	看過	20
70	先ほど	さきほど	剛才	26
71	早速	さっそく	立刻、趕緊	10,20
72	残業	ざんぎょう	加班	10
73	仕方がない	しかたがない	沒辦法、不得已	18
74	事業	じぎょう	事業	10
75	失礼いたします	しつれいいたします	打擾了	09,20

通しNo.とお	オフィスのことば	読みよ	中国語ちゅうごくご	マンガNo.
76	失礼いたしました	しつれいいたしました	非常抱歉	07
77	失礼しました	しつれいしました	很抱歉	26
78	出張	しゅっちょう	出差	27,30
79	取得	しゅとく	取得	10
80	紹介	しょうかい	介紹	09,19
81	少々お待ちいただけますか	しょうしょうおまちいただけますか	可以請您稍候一下嗎	08
82	少々お待ちください	しょうしょうおまちください	請您稍候一下	03,06,09,17
83	少々お待ちくださいませ	しょうしょうおまちくださいませ	請稍候	15
84	商談	しょうだん	商談	30
85	情報	じょうほう	資訊	25
86	初対面	しょたいめん	初次見面	17
87	書類	しょるい	文件、資料	28
88	資料	しりょう	資料	12,17,18,22,29,30
89	先日	せんじつ	前幾天	02,29
90	先輩	せんぱい	前輩	01,25
91	送信	そうしん	傳送信件	14,20
92	送信先	そうしんさき	收件人	14
93	相談	そうだん	商量	13
94	外へ出て	そとへでて	外出	01
95	大至急	だいしきゅう	緊急、火急	13
96	ただ今	ただいま	現在	17
97	頼りにされて（い）ます	たよりにされて（い）ます	受到信賴	24
98	頼りにされて（い）る	たよりにされて（い）る	受到信賴	12
99	担当者	たんとうしゃ	負責人	20
100	担当者名	たんとうしゃめい	負責人姓名	21
101	朝礼	ちょうれい	朝會	02
102	直帰	ちょっき	直接回家	24
103	通勤経路	つうきんけいろ	通勤路線	16
104	定例	ていれい	慣例、定期	29
105	伝言	でんごん	傳話	07
106	電話（が）つながって（い）た	でんわ（が）つながって（い）た	通電話	03
107	電話（を）取る	でんわ（を）とる	接聽電話	06
108	〔お〕電話（を）差し上げる	〔お〕でんわ（を）さしあげる	致電給您	07
109	取引先	とりひきさき	客戶	08,09,18,20
110	内線	ないせん	內線電話	15
111	慣れて	なれて	習慣	06
112	図って	はかって	圖謀、謀求	29
113	白熱	はくねつ	白熱化、熱烈	29
114	初めまして	はじめまして	初次見面	19
115	初〜	はつ〜	初次	27
116	繁忙期	はんぼうき	繁忙期間、旺季	10
117	必着	ひっちゃく	必須送達	13

通しNo. とお	オフィスのことば	読み よ	中国語 ちゅうごくご	マンガNo.
118	部長	ぶちょう	部長、處長	06,09,10,11,27
119	部内	ぶない	部門內	14,29
120	返信	へんしん	回信	04
121	訪問	ほうもん	拜訪	20
122	ほうれんそう （報告・連絡・相談）	—— （ほうこく・れんらく・そうだん）	報聯商	02
123	保留	ほりゅう	保留(電話)	03
124	本日	ほんじつ	本日、今日	20
125	まずい	——	糟糕、不妙	28
126	まとまって	——	統整、彙整	02
127	まとめ（る）	——	統整、彙整	23
128	まとめた	——	統整了、彙整了	28
129	まとめて	——	統整、彙整	12
130	間に合いました	まにあいました	趕上了	15
131	間に合う	まにあう	趕得上、來得及	23,27
132	間に合わない	まにあわない	趕不上、來不及	12,13
133	無理	むり	不行、沒辦法	26
134	名刺	めいし	名片	19
135	名刺入れ	めいしいれ	名片夾	19
136	名刺交換	めいしこうかん	交換名片	19
137	申し伝えます	もうしつたえます	傳達、轉達	01,07
138	申し訳ございません	もうしわけございません	非常抱歉	03,07,08,18
139	戻り	もどり	回來	07
140	戻りました	もどりました	回來了	11
141	戻れれば	もどれれば	回得來的話	08
142	最寄り駅	もよりえき	最近的車站	27
143	問題ない	もんだいない	沒有問題	22
144	有休	ゆうきゅう	特休、有薪假	10
145	有給休暇	ゆうきゅうきゅうか	特別休假、有薪假期	10
146	有効	ゆうこう	有成效、有效果	25
147	輸入	ゆにゅう	進口	10
148	予定	よてい	預定	16
149	よろしく	——	請多指教	10
150	よろしくお願いいたします	よろしくおねがいいたします	請多指教	30
151	よろしくお願いします	よろしくおねがいします	請多指教	14
152	来客中	らいきゃくちゅう	有客人來訪	13
153	来社	らいしゃ	來訪公司	16,17
154	連絡	れんらく	聯絡、通知	14,
155	～いたします	——	做～(謙讓語)	03 (07,09,20,30)
156	～次第	～しだい	一～立即	07
157	～の件	～のけん	～的案子	02,03,09,11,14,26
158	～部	～ぶ	～部門	10

「BJT 商務日語能力考試」説明

「商務日語能力」＝ 活躍於日本或日本公司必備的商務溝通能力

　　母語非日語的人士，在日本或日本公司工作時，理解商務場合使用的日語及其措辭，還有理解日本的商務習慣和文化都非常重要。在此基礎上，追求能進行工作的同時，一邊向專業領域或背景不同的對象簡潔易懂地說明，以及向對方確認不懂之處的能力。

　　在商務場合上的這種日語溝通能力就稱之為「商務日語能力」。

測驗「商務日語能力」的「ＢＪＴ商務日語能力考試」

　　「BJT商務日語能力考試」（以下稱為BJT）是以應試者擁有日語或商務知識為前提，其所擁有的知識在商務日語場面能發揮多少，也就是為了客觀測量上述「商務日語能力」的考試。

　　表１為BJT所測量的各種技能（出題內容），表２為BJT的題目構成。

表1　BJT 所測驗的技能（出題內容）及前提知識

	← 受測技能 →		← 前提知識 →
聽（說）	聽解能力	抽取資訊的技能	日語相關知識
		綜合資訊的技能	聲音
		推測資訊的技能	標記（文字）
		預測資訊的技能	文法
	聽解和讀解 複合能力	記憶資訊的技能	語彙
讀（寫）		選擇取捨資訊的技能	談話類型
		不受資訊雜音干擾的技能	談話風格
		看透邏輯關係的技能	社會知識
	讀解能力	適應資訊速度的技能	文化知識
		其他商務技能	心理知識
			其他商務知識

以「ＣＢＴ形式」實施「ＢＪＴ」

　　BJT是以透過電腦出題、解答的「CBT形式」（＝Computer Based Testing）來實施。

　　此「CBT形式」可以配合自己的時間，選擇日期和地點應考。考試結束後能立即知道結果。

表2　BJT 的題目構成			
共80題			
第1部分 聽解 （約45分鐘）	掌握場面題	5題	共25題
	發言聽解題	10題	
	綜合聽解題	10題	
第2部分 聽解 （約30分鐘）	掌握狀況題	5題	共25題
	資料聽讀解題	10題	
	綜合聽讀解題	10題	
第3部分 聽解 （約30分鐘）	語彙・文法題	10題	共30題
	表現讀解題	10題	
	綜合讀解題	10題	

「ＢＪＴ」的能力評分（得分與等級）

BJT將考生的「商務日語能力」評為0~800分的「得分」（分數）。並且根據「得分」採J5~J1＋共6個階段的「等級」來評分。

表3為各個「等級」能如何使用以及擁有多少程度的「商務日語能力」基準表。

表3　「商務日語能力」等級基準

等級 評分項目	J5	J4	J3	J2	J1	J1+
得分	0~199分	200~319分	320~419分	420~529分	530~599分	600~800分
商務日語溝通能力	幾乎沒有	在特定場合會最低限度溝通	在特定場合會一定程度的溝通	在特定場合能適當溝通	在多數場合能適當溝通	在各種場合皆能溝通無礙
日語傳達及理解力	幾乎不能	只能些許	有許多障礙	有些許障礙	幾乎沒障礙	毫無障礙
依人際關係分別運用語言表達	不能分別		能片段分別	能些許分別	能一定程度分別	皆能適當分別
公司文件、商務文書的理解	不能理解	能片段理解日常的、基本的文件	能理解一定程度日常的、基本的文件	能大致理解日常的文件	能正確理解日常的文件	文件全部皆能正確理解

「ＢＪＴ」的優點與活用案例

優點
- ●能以得分制客觀地評定商務日語能力。
- ●評定基準一致。
- ●能配合自己方便的時間應試。
- ●能立即知道考試結果。

活用案例

👉 應試者、學習者……
- ●設定學習目標
- ●升學時的能力證明
- ●求職時自我推薦的依據
- ●增加經歷
- ●調高薪水、提高待遇

👉 學校、企業……
- ●設定教學、研修的課題
- ●學校錄取、分班的指標
- ●錄取職員時的指標
- ●分配部屬時的參考
- ●加薪、升職的基準

〔官方網站〕

※詳細資訊，請參考BJT官方網站〔http://www.kanken.or.jp/bjt/〕

為便於今後的出版事業規劃，敬請協助至以下網址填寫問卷（網站為日語）
http://www.kanken.or.jp/bjt/book/
智慧型手機也可填寫問卷，請掃描左方條碼進入網站。

本書原名－「マンガで体験！にっぽんのカイシャ ～ビジネス日本語を実践する～」

看漫畫「學」商業・職場日本語　場面 30

2018 年（民 107）3 月 1 日　第 1 版　第 1 刷　發行

定價 新台幣：320元整

編　　　者	公益財団法人 日本漢字能力検定協会
編集協力	インターカルト日本語学校
發 行 人	林 駿 煌
封面設計	陳 柏 儒
發 行 所	大新書局
地　　　址	台北市大安區(106)瑞安街256巷16號
電　　　話	(02)2707-3232・2707-3838・2755-2468
傳　　　真	(02)2701-1633・郵政劃撥：00173901
法律顧問	中新法律事務所　田俊賢律師

香港地區	香港聯合書刊物流有限公司
地　　　址	香港新界大埔汀麗路36號中華商務印刷大廈3字樓
電　　　話	(852)2150-2100
傳　　　真	(852)2810-4201